43回の殺意
川崎中1男子生徒殺害事件の深層

石井光太

[日]石井光太 著　　　　孙逢明 译

43次杀意
一宗少年被杀案的深层调查

上海译文出版社

序　章

　　2015年2月20日凌晨，凛冽的寒风狂乱地吹着，一名初一的少年赤身裸体、浑身是血，奄奄一息地在河岸的草地上爬行。

　　按照他当时的状态，估计是每前进几厘米意识就变得模糊了，等到清醒过来再向前爬几厘米。他口中发出了微弱的呼吸声，仿佛是在求助，但是那声音肯定是被小河的水流声盖住了。

　　少年被美工刀割伤，全身伤口多达43处，其中光是脖子周围就有31处。最严重的伤口位于左颈部，长达16.8厘米、深1～2厘米，小动脉被切断，一分为二。另外还有长11.5厘米和9.5厘米的伤口，颈部肌肉被残忍地割伤，背部、腿部和额头的皮肤出现了剥落。

　　地面笼罩在漆黑的夜色中，谁也没有注意到少年匍匐前进的身影。距离河岸300米的地方就是车来车往的马路，但是被味精公司的大型工厂遮住了。河宽100多米，对岸又是一大片绿地。气温已经降到5.2摄氏度，别说人影了，就连一只小飞虫应该都没有。

　　尽管如此，少年还是用尽最后一点力气，朝着堤坝方向爬去，身上沾满了血液、泥土与河水。估计沙子糅进了他的伤口，混凝土浇筑的护岸斜坡和长满野草的大地像冰面一样凉。无论如何他都要离开那里，一定是因为他想逃离死神降临的恐惧，一心想要回到会帮助他的人们身边。

少年的出血量超过了 1 升，相当于全身血液的三分之一。这个量足以让人因为出血性休克而死亡。恐怕他当时已经神志不清，手脚基本上没有感觉了。再加上他曾浸泡在冰冷的河水中，估计陷入了失温状态。这种情况下，他已经没有余力爬上堤坝、到公路上求助了。

少年用尽了体内残存的全部力量，最终只爬了 23.5 米。杂草丛生的草地上，稚气未脱的幼小躯体终于爬不动了。

估计死亡时间为凌晨 2 点半到黎明之间。河边只有水声，像念经一样响个不停。

*

2 月 21 日早晨，后藤善明（化名，案发当时 44 岁）自前一日傍晚就开着渔船在日本海上捕鱼。气温虽然已经降到零下 1 摄氏度，却没有什么大风大浪。蔚蓝的大海一望无际，遥远的地平线那里就是善明 8 年前开始居住的西之岛。

西之岛是隐岐郡的一个小岛，从鸟取县境港市的境港乘船向北大约行驶两个半小时即可到达。人口只有 2900 人左右。岛上到处都是自然风光，野马在山坡上悠闲地吃草，海角处山崖高耸，海鸟成群结队地展翅飞翔，美得令人叹为观止。

另一方面，岛上别说便利店了，就连商业街都没有。学校也只有两所，一所小学和一所初中。岛上的居民几乎都是熟人，彼此关系亲密，甚至没有锁门的习惯。

善明36岁时利用 I turn① 的招聘制度，举家搬迁到了这座岛上。他在当地一家渔业公司工作，成了一名雇佣渔夫。天气状况允许的话，他每天傍晚从港口出发，到了早上就回去。

那天他们分别乘坐好几条船，进行围网捕鱼。所谓围网捕鱼，是指用雷达找到鱼群，动用多艘船只将其围起来一网打尽的捕鱼方式。

随着旭日东升，气温逐渐开始回升。善明登上探查鱼群的船只，与围网捕鱼的其他船只保持一定距离，在一旁进行监视。再过一会儿，捕鱼作业结束，就该返回港口了。

正在此时，手机突然响起来了，屏幕上显示的是一串陌生的号码。他感到有些诧异，接通电话以后，听筒里传来一个陌生的声音。

"请问您是后藤善明先生吗？"

"对，是我。"

"我这边是神奈川县的川崎警察署，您是上村辽太同学的父亲吧？"

川崎警察署为什么会打来电话呢？一年半之前的那个夏天，离婚的妻子带着儿子辽太搬到了娘家所在的川崎市。一个半月之前，他趁着过年前往川崎探望时，儿子看上去还生龙活虎的。警察打来电话，难道是因为辽太偷了东西被抓起来教导了吗？

他胡思乱想了一通，结果刑警说出的话却完全出乎他的意料。

"辽太同学被卷入了川崎发生的一起案件。"

---

① 指从城市搬到农村工作生活。[本书脚注皆为译注]

"案件？"

"是的。"

"请问是什么案件？"

"是一起重大案件。电视和报纸上都已经报道了，您还不知道吗？"

善明一时间无言以对。他从昨天傍晚就出来打鱼了，根本没看新闻。

"如果您看一下新闻，应该就会明白案件的大致情况。我们希望您协助调查。虽然您可能工作繁忙，能不能麻烦您来川崎一趟？"

"请稍等一下。您说的案件到底是指什么事呢？是说我儿子遇害了吗？"

"我们还在调查当中，具体情况等见到您时再详细跟您讲。还请您给予协助。"

对方说得很委婉，可见辽太遭遇了不同寻常的事情。他心里涌上来一股念头，必须马上赶往川崎，确认一下发生了什么事。

"好的，我向公司请假以后，立刻前往川崎。不过，现在我在西之岛，距离很远，不知道今天之内能不能赶到。"

"即使您今天来了，也不知道您能不能见到辽太同学……能不能麻烦您明天早上9点来我们署一趟？"

虽然听到了见不到面这句话，但是他当时头脑一片混乱，并没有想到这话意味着什么。

"我会去的。"

善明说完后挂了电话，接着联系了上司。他决定说明情况后请求提前离开捕鱼的团队。

善明决定一回到岛上的自己家中，就开始做前往川崎的相关准备，同时打开电视的新闻频道，确认一下是什么案件。在冬季，从西之岛开往本州港口的渡轮一天只有两班，早上的班次已经出发，要想前往本州，只能等下午的班次了。按照计划，他打算让朋友开车到港口接他，然后直接前往米子机场。

　　电视上的新闻报道说昨天川崎发生了杀人事件，不过并没有明确受害者的身份，不知道是否与辽太有关。于是，他决定在网上查一下。因为报纸总是晚一天才能送到岛上，所以要想获得最新消息，只能通过网络。

　　他在网上也找到了报道该事件的新闻，说是20日清晨在多摩川的河岸边发现了一名男性的尸体。这篇报道不仅没有写真名实姓，还说受害者是一名"成年男性"。如果报道属实，那么被杀害的人就不是辽太。也就是说儿子目前还平安无事。

　　下午班次的渡轮从港口出发的时间到了。善明抱着随身行李走进了二等舱。二等舱没有床，只是在地板上铺着地毯。先上船的乘客将毛毯展开，随意找个地方躺下了。傍晚的风速是由南向北每秒1.2米。作为2月的海面来说，难得一见的风平浪静，有人在看书，有人在小睡，干什么的都有。

　　安静的客舱里，只有善明一个人心神不定地走来走去。他一会儿把客舱中配备的电视频道改为新闻，一会儿通过手机查看最新报道。

　　出发后没过多久，突然传来了最新消息，是关于昨天早上在多摩川河畔发现的尸体的后续报道。警方公布了受害者的真实姓名。

　　报道中清清楚楚地写着"上村辽太"这个名字。名字所用的汉字和初一这个年级，都和儿子一样。

以下是《每日新闻》晚报的报道：

川崎市川崎区的多摩川河岸发现了一具男性尸体，关于本案，神奈川县警察总部刑侦一科于21日认定受害者为该区大师河原2号街区的初一学生上村辽太（13岁），并向社会公布。根据司法解剖的结果，弄清了死因是被锋利的刀具刺伤、割伤颈部造成的出血性休克死亡。该科认为这是一起杀人弃尸案件，在川崎警察署成立了侦查总部。（下文省略）

（《每日新闻》晚报2015年2月21日）

估计是警察确认完身份之后，将之前一直隐瞒的受害者真实姓名向媒体公开了。到了下午，各家媒体纷纷报道了这一快讯。

看着眼前的报道，善明头脑中变得一片空白。为什么辽太会被杀害呢？他一时间还无法接受这个事实，脑海中浮现出了已经分手的妻子——雅子（化名，案发当时42岁）。她在川崎和辽太一起生活，肯定了解案件的详情。

他用手机给雅子发了一条消息。他问道：现在报道中说案件的受害人名叫辽太，真的是我们的儿子吗？他等了很久，也没有收到雅子的答复。

渡轮到达港口时已是暮色渐浓。善明按照预定计划，乘坐朋友的汽车直接前往米子机场。很幸运，飞往东京的最晚航班还有空座，所以他晚上10点左右顺利到达了羽田机场。

从羽田机场到川崎大约用了30分钟。善明到达川崎后，因为事先没有预订宾馆，决定在川崎警察署附近的桑拿店凑合一晚上。到了此时，媒体接连不断地发布了案件的后续报道，然而善明已经失魂落魄，基本上不记得自己做过什么。他唯一没有忘记的是，前妻在凌晨回复了消息，说案件的受害人就是儿子。

次日早上9点，善明怀着坐立不安的心情准时来到了川崎警察署。刑警们正在那里等着他。他们简要地介绍了一下案件，然后说前一天虽然已经请雅子确认了死者身份，还是希望善明也确认一下。

他们把善明带到了警察署内一个安静的房间。打开门以后，他看到一具幼小的尸体躺在那里，身上盖着一层薄布。

刑警说："请您确认一下。"

善明屏住呼吸，探头看了一眼死者面部，瞬间觉得自己似乎看了不该看的东西。躺在那里的人的的确确是自己的儿子辽太。

也许是为了掩盖司法解剖的痕迹，颈部以下都被布遮住了。光看面部的话，只有殴打留下的青斑和一些小伤口。

"没错吧？"

无论确认多少次都是辽太。他的表情十分安详，仿佛睡着了一般，但是没有一点儿血色。脖子上缠的绷带有些偏了，可以看到粗糙的缝合痕迹。

善明强忍悲痛回答道："对，是我儿子辽太。"

"很遗憾，正如报道所说，他被卷入案件，不幸去世了。"

一股悲痛之情涌上心头，他感觉眼前陷入了一片黑暗。怎么会发生这种事呢？是谁干的？此生真的再也无法相见了吗？各种思绪奔涌出来，搅乱了他的心绪。

另一方面，他又怀疑这是在做梦。也许是因为不愿意相信眼前的现实，内心出于本能产生了拒绝反应。

刑警说道："至于案犯，我们现在还在搜查。昨天也拜托过您，可以的话，希望您也协助我们的调查。"

他勉强能听进去对方说的话。

"辽太同学的智能手机是您签约的吧？首先，能不能麻烦您委托手机公司公开辽太同学的通话记录呢？由于涉及个人信息，需要获得签约人的同意才能公开。"

刑警继续淡漠地说道："另外，还要麻烦您确认一下辽太同学使用过的应用程序。因为它们应该也会成为抓捕案犯的线索。"

辽太的智能手机是大约一年前善明买给他的。善明以自己的名义签约，也在支付话费。因此，辽太下载应用程序的时候需要经过善明的同意。

"除此之外，还有几件事要拜托您，接下来请您移步到别的房间吧。"

"去做什么呢？"

"想麻烦您确认一下遗物。"

"什么遗物？"

"您儿子随身携带的物品基本上都被焚烧了，还有几样残留下来了。"

刑警们公事公办的说法近乎冷漠，善明听着听着，逐渐强烈地意识到辽太的死果然是现实。

善明问了他最想知道的事。

"关于案犯，一点儿头绪都没有吗？"

"现在还很难说……"

案犯应该是逃跑了。

"明白了，我会尽力协助调查。"

善明决定将辽太留在这里，和刑警们去别的房间，接受对方的请求。虽然他无法想象谁是案犯,但是喷涌而出的怒火与悲痛令他坐立难安,希望能尽早将其绳之以法。

但是,后来事情发展的方向完全出乎他的意料。

几天后抓捕的案犯是三名十七八岁的少年。他们都是辽太的玩伴,原本关系很亲密。他们口中讲述的杀人经过凄惨至极,令听者的身心都感到战栗。

善明得知真相后,不再拒绝接受辽太死亡的现实。无法抑制的怒火让他对案犯产生了类似杀机的念头,甚至想要亲手为儿子报仇。

目　录

第一章　惨杀 / 1
　　　　邂逅 / 裂痕 / 吉冈兄弟 / 骗出来 / 杀害

第二章　家人 / 41
　　　　组建家庭 / 西之岛 / 离婚 / 川崎 / 初中时光

第三章　逮捕 / 83
　　　　发现遗体 / 徘徊 / 献花 / 搜查 / 灵前守夜

第四章　犯人 / 127
　　　　审判 / 虎男的成长经历 / 阿刚的成长经历 /
　　　　胡作非为 / 判决 / 全面否认 / 都是手机惹的祸

第五章　遗属 / 181
　　　　采访 / 家人的不和 / 家庭法院和凶手的家人 /
　　　　凶手的责任 / 对判决的疑问 / 报仇 / 回忆

尾声 / 207
后记 / 219

第一章　惨殺

邂逅

　　一条美丽的河流自奥多摩流经武藏野，注入东京湾。这便是多摩川。

　　它全长达138公里，两岸是绵延的绿地，回荡着野鸟的叫声。附近也有很多棒球场和足球场，一到休息日，到处都能听到孩子们天真无邪的喧闹声。

　　这条河流过府中后就成了东京都与神奈川县的边界。南侧是神奈川县的川崎市。川崎市是日本非县政府所在城市①中最大的城市，拥有150多万人口。它是东京和神奈川中心城市的知名卫星城，还拥有工业区，人口至今仍在持续增长。

　　该市由7个行政区组成，沿河分布，每个区都有自己的特征。从北部到中部的绿化很好，整个城市布局构成了一派安静祥和的景象。新百合之丘和武藏小杉等著名的新兴高档住宅区便坐落在这里。

　　相反，越往南走，城市布局越显得杂乱不堪。最南边的川崎区则呈现出了一幅荒废萧条的光景。靠近东京湾的沿海地带是京滨工业区，大企业的工厂和仓库、石油联合厂林立，马路上大型卡车来来往往，不分昼夜。

　　在连接东京与横滨的产业道路两旁，挤满了在工厂上班的人们的住宅区。古老的公寓、落后于时代的木结构平房、黑黢黢的居民小区。虽然也有一些个人店铺密集的商业街，却没有什么活力，不少店铺放下了卷帘门。有些沿街的小酒馆和小酒吧白天就在营业，招牌十分引人注目。

一名负责福利服务工作的居民说道："作为工业区的中心地带，川崎区名声很大。很多居民来自全国各地，为了在工厂谋一份工作聚集到了这里。因此，往上数一代的话，有的人家乡在东北地区，有的人家乡在九州地区，很明显来自五湖四海。说得好听点儿，这是一个多元文化汇聚的地方；说得难听点儿，也有不少类似流浪者的人。毕竟是工业区，治安也好不到哪儿去。

"反正以前给人的印象是公害问题很严重。20世纪50年代以后，由于工厂排放的有毒烟雾和废水，很多人健康受到了损害，不幸去世了。即便如此，人们还是没有离开这个城市，估计是因为没有更好的去处，找不到别的工作。

"如今经济不景气，工厂里的工作也少了很多。老龄化问题也开始凸显了出来，需要看护的人数以及申请援助服务的人数都比其他区多。"

这里是在东京和横滨两大都市的夹缝中生存的工业区。如果拿关西地区打比方，大概和位于大阪与神户之间的尼崎有些类似。

和其他工业区一样，当日本国内的制造业兴旺的时候情况还好，制造业的衰落也是一方面原因，人们的生活变得穷困潦倒，老龄化问题日益严重，发生了各种各样的问题。从统计数字来看，川崎区领取低保的比例和自杀率都明显高于市内其他区。显而易见，这里的居民面临着严峻的生存状况。

例如，川崎市领取低保的比例为2.11%，高于全国的平均

---

① 相当于中国的省会城市。

值（1.69%），其中川崎区的比例尤其高，达到了4.99%。

川崎区的另一个特征是外国人的人口众多。全市约有37000名外国人进行了户籍登记，市内七区当中外国人最多的就是川崎区，总数达到了14000人。也就是说，每2.6个住在市内的外国人当中就有1人住在川崎区。

究竟为什么会这样呢？在市政府上班的一名女性说："川崎区靠海的那一侧曾经有一个被称为'朝鲜人部落'的地区。二战前后从朝鲜半岛迁移过来的人建了很多类似简易工棚的木板平房。现存的韩国城和神奈川朝鲜学园就是当时残留的印迹。

"随着时代的发展，那些地区逐步解体了，不过由于过去外国人一直很多，其他国家的人也逐渐聚集过来了。再加上房租和土地便宜，那些房产中介也不断向外国人出租。结果不只在日本的韩国和朝鲜人，从80年代开始来自东南亚的人也逐渐增多了。

"东南亚人当中，菲律宾人尤其多。他们以表演者的身份获得签证，来到日本后在车站周围的西式酒吧工作。也有人到东京的繁华区上班。后来，又来了不少中东人、巴西和秘鲁等南美国家的人，他们主要在工厂工作。

"因为这样的背景，来自各个国家的外国人组成了一些地方自治团体。即使刚来日本的外国人也会觉得在这里住得很舒适。因为在教堂、公司、餐馆等很多地方都能遇到他们自己国家的人。有些原本住在其他县的外国人，搬过来投靠自己的老乡，这种情况也很常见。所以外国人的人口数量至今还在持续增长。"

确实在川崎区有一个被称为水泥街的地方建有一座牌坊，上面写着"KOREA TOWN"。烤肉店、韩国料理店和韩国的食材店鳞次栉比，附近还残留着一些简易的小房子。

在这样一片土地上生活着来自日本各地的人，他们为了在工厂谋一份工作聚集在了一起。再加上来自以亚洲为主的世界各地的外国人也来求职，他们混居在一起。这就是川崎区。

川崎区的中心地带就是川崎站周边的繁华区。这里有两个川崎站，分别是JR①川崎站和京急②川崎站。车站前面有一些商场和精品服饰店，稍微往里走一点，映入眼帘的就是杂乱不堪的不夜城。夜总会和歌舞厅以及外国人经营的酒吧门口的灯箱闪烁着霓虹灯，在站着喝酒的店里，从白天开始就会聚集一些中老年男人。散发着酸臭味儿的小胡同里，经常能看到身着黑色西装揽客的男员工和貌似黑社会成员的人。

一些十几岁的少男少女也聚集在街头，一副时下流行的打扮，混在那些形迹可疑的大人中间。他们躲在便利店旁边、自行车停车场、高楼大厦的背阴处消磨时间，有时候抽烟，有时候玩手机游戏。

这些少年当中，有些人经常聚集在游戏厅里。从2014年到2015年，在车站附近的购物中心"川崎More's"二楼的游戏厅里，有几伙少年几乎每天都会来玩。他们都是当地初中的学生或毕业生。因为从川崎区内的任何地方都可以骑自行车过来，所以他们不约而同地来到这里，从傍晚玩到深夜，在游戏机前喧闹。

金藤邦夫（化名，案发当时18岁）就是当时那群少年中的一员，他说："川崎的治安很差。流氓地痞随处可见，外国人打架斗殴，还有人在游戏厅的厕所里吸毒。在其他城市的人看来，

---

① Japan Railways，日本铁道公司。
② 京滨急行电铁公司的简称，从东京开往横滨的快速电车。

也许会觉得可怕，当地人似乎没当回事。

"川崎毕竟是个小地方，大家彼此都认识。要么是同一所学校里的学长学弟，要么是朋友的朋友，或多或少都会有些关系。除非做了什么出格的事儿被人盯上了，否则住在这里并没有什么可怕的感觉。

"白天也经常能看到那些初中生。即使他们逃课去玩，也不怎么会被警察教导。毕竟有很多不上学的人在大街上晃荡，要是开始教导的话就会没完没了。而且有很多十六七岁不上高中的家伙，如果他们染了头发戴上墨镜和那些毕业生结伴而行的话，根本分不清是不是初中生。"

据金藤说，当时频繁出入这家游戏厅的少年大约有十伙人。虽然他们年龄不同，也不是同一所学校的，但是由于几乎每天都会碰面，彼此还有共同的朋友，所以有时候也会打游戏比赛。

本案的三名凶手以及遇害的初中生也在这些少年当中。被判定为主犯的是千叶虎男（化名，案发当时 18 岁）。他是混血儿，父亲是日本人，是一名卡车司机，母亲是菲律宾人。他身材瘦长，五官比一般的日本人棱角分明。他家住在川崎大师站附近，离京急川崎站有三站距离。

案发那年，虎男在市内的一所定时制高中[①]就读。但是，由于严重的不良行为，他被关进了少年鉴别所[②]，很难顺利毕业了，所以一天到晚和那些小团体的成员混在一起。团体中有一些在本地读书的学弟。

[①] 和全日制高中不同，无需每天去学校，可以选择夜间、周末等时间上课，修够一定的学分也可以获得高中毕业证。

[②] 日本对违法少年进行专门鉴别和执行观察监护措施的机构。

金藤说:"案件刚发生时,虎男被报道成了一个穷凶极恶的不良少年。但是,其实他是个胆小鬼,读小学和初中的时候经常被人欺负。那些小混混有时候会无缘无故地勒住他的脖子,普通同学有时候也会说他'恶心'或者'阴郁'。

"用一个词来形容虎男的话,那就是宅男。他总是玩游戏,和他一起玩的那帮人也都喜欢阴郁的游戏。很多人都不上学了。他们的话题大都和游戏有关。在那个小团体当中,我觉得虎男处于领头的地位,不过好像并不是因为他受大家信赖或者打架很厉害,只是因为他年龄大一些。"

部分媒体在报道这个案件时,把虎男说得像一只疯狗一样。然而,事实上,据说他只是在学校里遭到了欺凌,失去了容身之处,在游戏厅的一个角落里与境遇相似的学生们一起玩耍的少年。

金藤继续说道:"他在学校里很老实。因为害怕小混混,他不敢打扮得太招摇。但是到了外面小混混看不到的地方,他突然就变得狂妄自大起来,有时候抽烟,有时候毁坏东西。他还整天偷东西。他曾经炫耀说自己什么都能偷来。

"有时候他也会对比自己弱的人动手。他在背地里痛打那些比他年龄小、绝对不敢反抗他的人,那时候他会变得很残酷,属于动真格的类型。有时候他刹不住车,对方不还手,他就一直又打又踢,结果把人打成了重伤,后来被那些小混混狠狠地收拾了一顿。"

虎男只在弱者面前凶相毕露,他的朋友们一致认同这一点。小团体当中混杂着很多初中生等比他年龄小的少年,估计是因为他觉得即使弱小的自己也能当上领头羊吧。

另一方面，遇害的上村辽太（案发当时 13 岁）读初一，在那帮少年当中属于年龄最小的。他在五个兄弟姐妹当中排行老二，眼睛圆溜溜的，很讨人喜欢。

辽太搬到川崎后，仅过了一年半就遇害了。在那之前，他一直在岛根县的西之岛上生活。母亲离婚后仍然在岛上抚养孩子们，在辽太读小学六年级的那个暑假，带着他回到了娘家所在的川崎。

后来，辽太升入了市立 D 中学，加入了篮球部。读小学的时候，他曾经练过迷你篮球，能够熟练完成大多数站位的分工，技术也很高超。他长相不错，再加上自来熟的性格，在男生和女生中间都很受欢迎，被亲昵地称为"卡米松"。

他的同学作证说："他很可爱，学长也都很喜欢他。卡米松这个昵称是篮球部的人给他取的。有个学长叫某某松，所以大家也开始按照他姓氏的谐音叫他卡米松。"

但是，自从初一那年夏天，辽太就不怎么参加社团活动了，他开始和学长们结伴出入于游戏厅。当时在少年们中间流行的游戏叫"机动战士高达"。这是一款组队作战型动作类游戏，可以两两对抗。

游戏机周围总是聚集着很多少年。一旦有人输了，大家就会"砰！"的一声将拳头砸在游戏机上，一起喝倒彩。他们的小圈子里称这种行为是"机砰"，辽太很擅长打游戏，从来没有被"机砰"过，这是让他引以为傲的事。

初一那年寒假，他遇到了刚从少年鉴别所放出来接受保护观察处分①的虎男。后来在接受审判时，虎男说自己和辽太是在游

---

① 在保护观察所的指导和监督下，让犯法少年在社会中改过自新的措施。

戏厅认识的。然而，据说实际上是比嘉贤斗（化名，案发当时17岁）介绍他们认识的。

比嘉说："我和虎男从上小学时就认识。读初中时虽然不同校也不同年级，因为有共同的熟人，所以经常一起玩。

"我大概是在秋天认识的卡米松。他有个学长叫中村正（化名，案发当时读初三）。中村好像经常带卡米松去游戏厅等各种地方。是中村他们把卡米松介绍给我的。

"那年年底，我介绍卡米松和虎男认识了。那天我和卡米松等人在（川崎区）中濑的公园踢足球。正苦于人手不够，碰巧虎男联系我了，我就邀请他一起玩，他说'好啊'，然后就过来了。那时候我给虎男介绍了卡米松。

"两个人都喜欢玩游戏，所以很快就混熟了。虎男也不讨厌比他小的人，卡米松也总是嘴里喊着'虎男君'，跟着他到处去。"

自打那天以后，辽太就开始和虎男打交道了。辽太是那种自来熟的性格，据说他同时参与了四个小团体的活动。

第三学期开始以后，辽太不光不参加社团活动，也不去上学了。虎男的小团体中大多是高中退学或不去上学的人。也许是因为和那些学长混熟了以后觉得上学没什么意思了吧。趁着母亲上班，他每天白天就和学长们一起去公园或游戏厅玩，深夜才回家。

第三学期开始后没多久，大约1月10日前后，辽太认识了另一名凶手多田刚（化名，案发当时17岁）。阿刚比虎男低一个年级，同样是个混血儿，母亲是菲律宾人，父亲是日本人。初中毕业后，他读了一所通信制[①]高中，但是中途退学了，后来一直

[①] 学生以在家学习为主，根据自己的节奏选择去学校的次数，修够一定学分就可以拿到毕业证。

打零工。

据说让辽太和阿刚见面的人也是比嘉。

"那天我和几个朋友一起在朗玩（朗玩体育场川崎大师店）的游戏厅玩高达。结果，正巧阿刚和卡米松一前一后地来了。我和阿刚读初中时同一个年级，和卡米松认识得更早，所以我就介绍他们认识了。他们俩当时都经常参与虎男的小团体的活动，所以似乎很快就成了好朋友。"

在篮球部的学长中村等人的介绍下，辽太先是和比嘉的小团体打交道，后来又开始接触虎男的小团体。

在那些学长当中，辽太尤其喜欢追随阿刚，把他当成了自己的哥哥。估计是因为阿刚比虎男态度柔和，很会照顾学弟吧。

辽太总是跟在阿刚后面，称他为"刚君"，阿刚也把辽太当成弟弟一样疼爱，叫他"卡米松"。不知从什么时候起，两人开始单独约在一起玩。

裂痕

虎男的小团体有十几人，以 K 中学的毕业生为主，大多都是 16 到 18 岁的少年。因为有的人干日结的临时工，所以未必每天都能聚齐所有人，当天有空的人互相联络后聚在一起。

曾和辽太打过交道的木村干夫（化名，案发当时 17 岁）这样说道："每次聚集的成员并不固定。大家都通过 LINE 交流，一般是当天没什么事的人来参加。如果有人发消息问'谁有空'，能参加的人就回'我可以去'。

"要说聚在一起干什么的话，要么就在游戏厅玩，要么就去某个人的家里玩，要么就去小酒馆或公园喝酒。一起打游戏和聊动漫挺开心的。

"不过，我从来没见过卡米松他们那些初中生来参加酒会。他们应该是不喜欢喝酒。我们在游戏厅打完游戏之后，一有人提议'去喝酒吧'，他们就说'那我回去了'，就那样走了。"

要想在游戏厅打游戏，或者在小酒馆吃吃喝喝，需要一定的费用。他们从哪里弄到的钱呢？

资金来源之一就是偷香火钱，他们称之为"S"。小团体的成员半夜一起前往神奈川县内或东京都内的寺院或神社，从功德箱里偷走现金。

他们的手法极为简单。在一根细长的小棍尖端缠上透明胶带，从功德箱盖子上的缝隙间伸进去。如果箱底有硬币或纸币，就会粘在胶带上，能够拉上来。据说有时候胳膊细的少年也会把手伸进去直接拿。

他们五六个人一组，分望风的人和执行的人。执行的人偷钱的时候，望风的人站在神社入口处张望周围的情况，一旦有人影靠近，他们就用咳嗽提醒。运气好的时候，一次偷到的金额就能超过10万日元，这就成了供他们游玩的资金。

据说辽太也曾参与此事。估计最初是学长劝他干的吧。在小团体当中，原则上弄到手的钱要平分。然而，据说事实上并没有平等分配，有时候年龄最小的辽太只能拿到很少金额。

辽太并没有因此离开那些学长，而是像口头禅一样嘴上说着"学长！你怎么可以这样啊？"，脸上浮现出天真无邪的笑容，和他们黏在一起。

前文中提到的木村说道："卡米松并不算是专门帮大家跑腿的人。但是，因为他年纪最小，大家自然而然地就使唤他。他本人似乎并没有很不乐意。

"虽然他有时候会觉得跟虎男打交道很麻烦,但是并没有离开那个小团体,一有人约他就会来。阿刚了解卡米松的这种性格,所以才在虎男面前护着他吧。"

后文中会讲到,辽太在家里和学校里找不到自己的立足之地,也许在他看来,和学长们在一起能让他感到放松舒适吧。

但是,1月16日至次日凌晨发生了一件事,导致辽太和虎男的关系发生了变化。

那天晚上,虎男和六七名初高中生聚集在川崎站附近,其中也有阿刚和辽太。由于是周五晚上,大部分人第二天休息,所以一开始他们就打算玩到半夜。

到了晚上9点多,辽太篮球部的学长中村说自己有事,必须去一趟住在日吉的祖母家里。据说那件事本身不需要很长时间。反正大家没事做,也不知道是谁提了一句:"那,我们也和中村一起去吧。"

从川崎站到日吉站需要换乘,大约要花二三十分钟时间。直线距离并不算远,骑自行车去花的时间也差不多。虎男和另外一个人骑自行车去,包括辽太在内的其他人坐电车,他们决定在日吉会合。

虎男他们骑自行车的人10点多准时到达了日吉。但是,左等右等也不见辽太等坐电车的人过来。过了一个小时,晚上11点左右,他们终于现身了。

虎男抱怨道:"太晚了吧!你们干什么去了?"

其中一个人回答说:"我们坐错车了,所以才花了这么长时间。"

害别人等了一个小时，他们却没有要道歉的意思。虎男对此心怀不满，却没有当场发作。

等着中村去祖母家办完事以后，虎男说了一句"去喝点儿吧？"，于是他们决定去喝酒。一伙人去便利店购买了罐装啤酒、兑了苏打水的烧酒和下酒的小吃，到附近竹林的暗处喝了起来。此时已经过了午夜零点。

过了不大一会儿，发生了暴力事件。后来在公审时，虎男说那天晚上只喝了两罐500毫升的啤酒，但事实似乎并非如此。当时正好在场的黑泽勇树（化名，案发当时20岁）这样说道："那天晚上，虎男喝了个昏天暗地。我记得他说'我有偷来的香火钱，我请你们！'，然后从便利店买来了一大堆酒。他一个人就喝了半瓶镜月①，后来喝了几罐啤酒和兑了苏打水的烧酒，然后又喝干了将近一瓶伏特加。

"那家伙渐渐变得有些不耐烦，开始纠缠卡米松和中村。说什么'你们也得喝'，然后把伏特加倒进酒瓶盖里，逼他们一口喝进去。感觉他有些心烦意乱。所以他开始说要教训一下卡米松和中村。"

在竹林中喝酒时，辽太和中村对学长们说话时没有使用敬语。过去一直都是这样，学长们似乎也不太在意。然而，虎男在喝酒的过程中，想起来自己在车站等了那么久，越想越生气，因此开始对两名初中生的措辞挑刺儿。

虎男说："喂！卡米松，你怎么能对学长说话这么不礼貌？"

估计当时辽太心里在想，为什么事到如今又说这种话？

---

① 韩国的烧酒品牌，一瓶700毫升。

虎男也没饶过中村，他说："还有你，中村！"

两人有些不知所措。

虎男又说："你们俩明明才是初中生，就这么没大没小。得意忘形了是吧？我要好好教训一下你们，跟我来！"

辽太和中村被虎男带到了停车场的暗处。事发突然，在场的人一时间不知如何是好，不过大家都不想被卷进去，于是选择了沉默。

虎男先是对中村动了手，然后又殴打了辽太。公审时虎男说他"用普通的力量打了四五拳"，然而目击现场的成员的证词却大不相同。据说他先是用拳头打，然后又使劲用脚踹对方的面部，有人上前制止，他却一把甩开，继续施暴。

私刑终于结束了，当看到辽太的脸时，所有人都愣住了。他的脸肿得很厉害，嘴里还在流血。谁都看得出来，虎男的暴力行为已经脱轨失控了。辽太用手捂着脸，默默忍着疼痛。

有一个人说："这有点不妙吧。还会更肿的。"

"可是，医院啥的都关门了吧。"

"但是，不处理一下的话会出大事的。"

他们商议之后，决定到深夜营业的店里买点医疗用品，自己治疗。他们买了一些创可贴和口罩之类的东西，简单处理了一下。但是，这不算是治疗，只是遮掩了一下创伤。据说用来缓解疼痛的膏药还是辽太自己掏钱买的。

虎男也许是醒酒以后回过神来了，说话的语气突然变得温和起来。

"卡米松，我出手太重了，对不起啊。"

可能是因为他意识到自己还处于被保护观察的状态，所以想通过道歉蒙混过去吧。

辽太强作笑颜回答道："是我不好。我才应该说对不起。"

"我们继续好好相处吧！"

"好的。"

小团体的成员们决定去位于日吉的一家中餐连锁店吃夜宵。辽太也没回家，跟着去了。店内灯火通明，创伤的严重程度更加清晰可见了。

他们决定待到餐厅打烊再回川崎。此时辽太的两颊和一只眼睛比刚才肿得更厉害了，看上去像是变了一个人。伤势引发了严重的内出血，后来用了两周才痊愈。

那些成员觉得实在是不能放任不管，于是提出再治疗一次，又给他简单处理了一下，换了新的膏药。

那天晚上，直到黎明时分，所有人才全部散去。

深夜在日吉发生的这起暴行后来被检方提起诉讼，被称为"日吉事件"。

很明显，日吉事件是一次极为蛮横无理的行为。不过，在夜晚的街头，一群失足少年聚在一起虚张声势的话，发生这种暴力事件并不稀奇。

那些成员也是同样的想法。他们虽然觉得虎男的行为"有些过火"，却又认为这事不至于闹得太大。在辽太看来，即使脱离了虎男的小团体，结果只会变得和其他学长也不好相处。

大家都怀着这样的心思，不愿提及在日吉发生的事，像往常一样保持联系，继续一起玩。表面看来，他们之间的关系和以前没什么两样。

日吉事件之后过了大约一周，一天晚上，辽太和虎男约好了在附近的便利店碰头一起玩。时间是晚上10点半左右。也许是觉得离约定时间还早，辽太先去了大师公园。

这是一个面积广阔的公园，有两个棒球场，还有游泳池、网球场等设施。白天有很多人全家一起来玩，热闹非凡。春天是个赏樱花的知名景点，到了晚上，那些游客散去后，这里又成了流浪汉和小流氓的聚集地。这里发生的事将会改变他的命运。

他正在公园附近东游西逛，碰巧遇到了一群D中学的学长。其中有一个人叫吉冈浩二（化名）。

浩二发现了辽太脸上的淤青，于是把他叫住了。

"喂！卡米松，你的伤是怎么搞的？"

"啊？"

"脸上的伤，怎么回事啊？"

浩二是一个恶名昭彰的小流氓，一生气就会动粗。显而易见，此时一旦说错了话，事情就会闹大。

辽太决定搪塞过去。

"发生了很多事……"

"你把话说清楚！是被人打的吧？"

"……"

"谁干的？是谁打的你？！"

很明显是暴力行为造成的创伤，辽太没办法继续撒谎，就说出了真相。

"前一阵被虎男君打的。"

"虎男就是那个K中学毕业的家伙吗？"

"对，就是他。"

浩二一听到虎男的名字，顿时变得怒不可遏。他与虎男结怨已久。

两人的关系可以追溯到浩二的哥哥雄一（化名）那里。雄一是个小流氓，据说以前是这一带人们闻之色变的飞车族。他和虎男年级相同，但是读的不是同一所初中，他曾多次把虎男打得站不起来。

在浩二眼里，虎男只不过是被哥哥欺负过的胆小鬼。这样的家伙居然将自己的学弟打得脸上出现淤青，简直不可饶恕。

浩二问辽太："虎男现在人在哪里？"

"在便利店。"

"他在干啥？"

"我们约好了过会儿一起玩。"

"那你带我过去。"

辽太心想糟了。可是，学长要替自己出头，怎么能开口阻止他呢？

辽太带着浩二等人去了便利店，虎男毫不知情，正在店门口等着他。浩二仗着哥哥的威势，逼问比自己年长的虎男："喂！虎男，听说你把卡米松痛扁了一顿？"

虎男一看到浩二，就想起了他哥哥雄一，不由得有些畏缩。

那是虎男读初二时发生的事。他正在游戏厅玩，结果被一个同年级学生找茬儿纠缠，双方发生了纠纷，他就把对方打了一顿。后来，雄一偶然听说此事，便借机寻衅报复，嘴里喊着"你竟敢对我的伙伴动手"，对虎男拳脚相加。

虎男用辩解的口吻说："那是因为卡米松得意忘形，对我们出言不逊……"

"就因为这个打他吗？"

"嗯？"

"就因为这点事儿把他打得面目全非?!"

如果顶嘴的话，说不定雄一也会出面。虎男选择了低头道歉。

"对不起，我再也不敢了！"

为了给浩二面子，他又说："为表歉意，我请大家吃饭，毕竟是我做错了。"

他请在场的所有人吃了一顿简便的快餐。浩二暂时饶过了他，临走时说："喂！卡米松，你知道虎男的LINE账号吗？"

"呃，知道。"

"告诉我一下。"

他当着虎男的面故意向辽太索要LINE账号，虎男内心虽然觉得"真麻烦"，却只能默认。

当天晚上浩二等人逼虎男说了道歉的话，心满意足地离开了便利店。而辽太也许是害怕虎男生气，主动低头道歉说："刚才的事对不起。"

如果是在往日，虎男一定会激动地问"为什么要打小报告"，也许还会动手吧。然而，他压住了情绪，说道："算了吧。"

他并不是真的原谅了辽太，而是害怕其背后的吉冈兄弟。

吉冈兄弟

从这一刻起，事情开始朝令人意想不到的方向发展下去。本来日吉事件掀起的波澜在虎男的小团体中日渐平息，然而由于吉冈兄弟的出现风波再起。

2月的某一天,虎男和几名学弟一起到位于川崎站附近商业街的卡拉OK店玩。他们把在大森偷来的香火钱带到包厢里,准备数清后瓜分。桌子上凌乱地放着大量硬币和纸币,总额大约超过了16万日元。

虎男中途去店内的厕所方便,结果偶然在那里碰到了吉冈兄弟中的哥哥雄一。雄一发现是虎男后打了个招呼。

"嗨!这不是虎男吗?你在干什么?"

他还是老样子,神情十分凶悍。

虎男得意洋洋地说:"我偷香火钱,赚了一大笔。"

"真的吗?给我看看!"

雄一去了虎男的包厢。室内灯光昏暗,学弟们围坐在桌子旁。

雄一问:"这是多少钱?"

"差不多16万,每个人能分4万。"

雄一什么都没说,回到了同伴身边。

虎男留在屋里,重新开始和学弟们分钱。过了一会儿,雄一来到了包厢里。

他对虎男说:"虎男,你出来一下。"

"什么事?"

"我有话跟你说,来吧!"

虎男心中闪过一丝不安,但是又觉得不能违抗对方,所以就把学弟们留在屋里,跟着他出去了。

其实这是个圈套。雄一的同伴们趁着两人出去的工夫,闯了进来。在学弟们看来,对方全都是比自己年长的小混混,根本没有反抗的余地。雄一的同伴拿走了桌上的一半现金。

当虎男回到包厢时，他们已经离开了。听学弟讲了钱被抢走的事，他却没有勇气找雄一要回来。即使去了也只是送上门挨打。虽然在学弟们面前颜面扫地，却也只能强压怒火。

几天后，虎男再次与雄一发生了冲突。

那天虎男家附近停了一辆本田"奥德赛"。车里坐着雄一和他的同伴。

上次在卡拉OK店相遇后，雄一不仅得知了虎男靠偷香火钱大赚一笔的事，还从弟弟浩二那里听说了日吉事件。于是，他心里盘算着要从虎男身上榨取更多钱。

家里除了虎男之外，还有他的母亲、姐姐和祖母。听到门铃响声，母亲来到玄关一看，浩二在门口站着。

"你有什么事？"

"我和虎男君约好了一起玩，能不能帮我叫一下他？"

母亲来到二楼儿子的房间，告诉他朋友来了。虎男本来一直躺着，他意识到事态的严重性，恳求道："我才没跟他约好呢。让他走吧。"

母亲回到玄关，将原话转达对方："我家孩子说没和你约好。请回吧。"

"约好了呀，帮我叫一下吧。"

"不行，既然没约好，就不能让你见他。"

母亲看到浩二的打扮，估计也产生了不祥的预感吧。她打算将对方赶走。

浩二和母亲就是否已约好的问题争论了一番后，暂时回去了。几分钟后，在附近观察情况的哥哥雄一带领同伴来到虎男家门口。母亲和刚才一样，严词拒绝道，既然没有提前约好，就不能让你们和我儿子见面。姐姐听到吵闹声后也下楼来到了玄关。

雄一等人不肯死心，接下来开始猛按门铃，使劲敲门。

"虎男，出来呀！"

怒喝声在附近回荡着。

"喂！你在家吧？别当缩头乌龟！"

祖母不明所以，有些害怕。母亲和姐姐回到家中后察觉到危险，对躲在房间里的虎男说："你千万不能出去，会惹麻烦的！"

母亲掏出手机，开始拍摄大吵大闹的雄一等人。

"喂！虎男，快出来！"

祖母觉得这样下去会出大事，于是选择了拨打110报警。警察很快就赶来了。

警察安抚了情绪激昂的雄一等人，询问他们喧闹的原因。他们立刻回答道："虎男打了我们的学弟卡米松，我们是来帮他报仇。"他们的意思是错在于虎男，是他先施暴的。警察命令雄一等人散去，这场风波算是暂时平息了。

晚上，母亲问虎男那些人是什么来头。在接受保护观察期间，再次闹到警察那里的话，说不定会被家庭法院传唤。

虎男战战兢兢地回答道："是一群危险的家伙。"

"怎么回事？"

"是一帮惹不起的家伙，很可怕的。"

据母亲说，当时是第一次见虎男那样畏惧和哭诉。因此，她明白儿子一定遭遇了不同寻常的事情。

后来，虎男的一个朋友直接从吉冈兄弟口中听说了当天发生的事。以下是他的证词：

"我见到吉冈兄弟后,问了他们在虎男家门口闹事的情况。他们说是为了虎男偷来的香火钱。

"兄弟俩原打算把虎男从家里叫出来,以日吉事件为由,勒索他偷来的香火钱。可是,虎男的祖母拨打了110,警察过来问话,他们为了蒙混过关就回答说'因为同伴卡米松被打了,所以来替他出口气'。我觉得在吉冈兄弟心里,卡米松怎么样根本无所谓。

"虎男打心底里害怕吉冈兄弟。审判时好像说他们是兄弟二人,其实是三兄弟,他们还有一个大哥,那个人才恐怖呢。"

吉冈兄弟想尽可能从虎男手里多抢一些钱。他们找到的借口就是辽太。

从那天以后,吉冈兄弟那伙人开始直接联系虎男进行威胁。虎男的LINE经常收到陌生账号发来的消息。比如"你在哪里啊?""有事找你,过来吧"之类的内容。虽然对方不曾透露姓名,虎男觉得明显是吉冈兄弟那伙人干的。

关于发送消息的原因,后来雄一撒谎说"是为了打发时间"。然而在虎男看来,这些消息无疑都是恐吓。对方不仅找上门来,还通过社交网络进行威胁,可能让他产生了一种走投无路的感觉。而他又将愤怒的矛头指向了辽太。

——就因为那小子把在日吉发生的事告诉了吉冈兄弟,才会造成这种局面。

一旦产生了这种念头,虎男心中对辽太的愤怒便日益膨胀起来,不久以后就演变成了一种杀机。

骗出来

杀人事件发生在吉冈兄弟到虎男家闹事的9天后,即2月20

日凌晨。

那天晚上，多摩川笼罩在寒冬的夜色中，河岸边到底发生了什么事？

在案发现场的三人站在公审的作证席上，详细讲述了事情的经过。然而，三人的说辞存在明显的出入。虎男和阿刚的证词没有太大区别，而另一名少年的证词则大相径庭。

接下来我打算以虎男的证词为主线，记录河岸边发生的事。有以下四点原因：

1. 虎男从头至尾都在现场，因此目击了整个过程。
2. 判刑以后，他也基本没有更改关于事件经过的证词。
3. 根据虎男的供述，他还承认了对自己不利的事实，结果将会承担重大责任。
4. 法庭也认为第三名少年的发言缺乏可信度。

因此，请各位谅解，以下内容主要由虎男的证词再加上检方的证据和阿刚的证词构成。

从川崎站步行十分钟左右，在县道边上矗立着一幢模仿废墟建造的大楼。那就是游乐场"Warehouse 川崎店"。这是一处娱乐设施，以香港的贫民窟"九龙寨城"为主题进行设计，重现了20世纪80年代亚洲颓废破败的建筑。

内部装潢宛如废弃建筑，刺眼的红色灯光照在弯弯曲曲的通道上，令人视野有些模糊。乘扶梯来到楼上放眼望去，整个楼层有些昏暗，摆放着大量游戏机。这里的顾客群体五花八门，有稚气未脱的初中生、坐在椅子上打瞌睡的流浪汉、靠在墙上看手机的金发女郎……

2月19日下午5点多，虎男和阿刚在这个游戏厅的一角玩得正起劲儿。自从大约三周之前，虎男就不再去上学了，他把阿刚约了出来。

两人会合以后没过多久，虎男的LINE上收到了这样一条消息："嘿，去喝酒吧"。

发消息的人是第三名凶手清水星哉（化名，案发当时17岁）。

星哉和虎男一样，毕业于K中学，也在读定时制高中。高二时两人同班，之后便在一起混，也曾一起干过日结的零工。此时虽然星哉已经退学，但是因为两人都喜欢喝酒，所以仍然频繁见面。

虎男对阿刚说："现在一起去星哉家吧？到他家去喝酒。"

前一年春天，在虎男的介绍下，阿刚认识了星哉，和他见过两三次面。不过，阿刚和他并不算熟，而且也不太喜欢喝酒。

阿刚推辞道："我不去。"

"别这么说。"

"可是……"

"去吧，就一会儿，行吧？"

虎男一个劲儿地劝说，再加上独自一人也无事可做，阿刚决定跟他去。

星哉和父母住在一起，他家距离川崎大师站徒步15分钟左右。这栋公寓共10层，外围是圆形的水泥墙，大门自动上锁。根据房产中介网站上的信息，3室2厅的二手房售价约为4000万日元，在这一带算是普通的房产。

虎男骑自行车载着阿刚出发了，中途购买了一瓶韩国烧酒镜月，然后去了星哉家。到达的时候已是晚上 7 点 19 分。

三人用乌龙茶勾兑了烧酒，在星哉的房间里喝。他们一会儿玩手机游戏，一会儿随便闲聊。虎男喝了五六杯，星哉喝了六七杯。

根据阿刚的回忆，据说虎男和星哉主要聊的是高中朋友和工作方面的话题。星哉退学后，从事短期派遣的体力劳动。也许虎男是在打听退学后可以干的工作。

阿刚基本上滴酒未沾，独自无聊地看着手机。学校和年级都不一样，跟不上他们聊天的节奏。虽说如此，但是一说"我要回去"的话，就会破坏当时的气氛。

晚上 10 点多，他们已经喝了近半瓶镜月，虎男提议说："肚子好饿，出去吃点东西吧？"

三人离开公寓，去了附近一家老旧的中餐馆。落座以后，他们点了一盘什锦炒饭和一瓶啤酒。三个人分着吃炒饭，虎男和星哉喝了啤酒。

此时阿刚的手机振动起来，是辽太发来的消息。

"刚君，你在干吗？我很闲。"

他似乎在找人陪他玩。

阿刚看了看喝醉了的虎男和星哉，心想今晚还是算了吧。说不定还会发生日吉事件那样的状况。他没有回消息。

辽太不知道阿刚的这种心思，继续发来了邀请的消息。他不知道虎男在，又发消息说"一起玩吧""我有空，要不我去找你吧"。

阿刚冷漠地回道："不行啊，不行就是不行。"

不过，阿刚虽然拒绝了一次，由于在中餐馆又遭到了疏远，他开始觉得，既然辽太都说到这个份儿上了，叫他来也行吧。阿刚只是想找个人说说话。

阿刚决定问一下虎男的意见。

"诶，卡米松在 LINE 上说他有空，可以叫他来吗？"

虎男喝着啤酒，用一种漠不关心的语气回答道："随便吧。"

阿刚听到这话，觉得没问题，就给辽太发了如下消息：

"你还是来找我吧"。

辽太也回复了消息，两人决定见面。

晚上 11 点 15 分，三人吃完饭、喝完啤酒、走出餐馆，准备回公寓。从这时起，虎男的酒劲儿似乎上来了，显得有些焦躁，嘴里不停地嘟囔着："啊～好恼火！好想狠狠揍他一顿，好想弄死他！"

虽然他没明说是谁，很可能是指辽太。阿刚虽然觉得情况有些不妙，却没有说什么，他心想到时候自己出面拦住就行。

回到公寓后没过多久，辽太给阿刚发来了消息。

"我在茑屋书店等你。"

他说的是离公寓 500 米左右的茑屋大师店。他们说好了在这里碰头。

阿刚将此事告知了虎男。虎男说："别跟他说我在这里。"

"嗯。"

"那你骑我的单车去吧。"

阿刚一个人先离开了公寓，借了虎男的自行车前往茑屋大师店。

书店一楼是停车场，二楼摆放着 DVD 和漫画。辽太先到了，阿刚和他碰头后，在店内看了会儿书，又追逐打闹了一会儿，消磨了一下时间。

　　过了一会儿，他们决定离开书店，来到了一楼的停车场。下楼的时候阿刚收到了虎男的消息："能来吗？"这句话的意思一定是让他把辽太带过去。阿刚想起来虎男刚才说过"好恼火，好想狠狠揍他一顿"，为了约束他的行为，发了下面这条消息：

　　"痛扁一顿就行了吧。"

　　阿刚的意思是，如果打他的话，空手教训一下也就够了。

　　虎男立刻回复道："好啊。"

　　阿刚带着辽太去了川崎大师站那边。

　　同时，虎男和星哉一起离开了公寓。监控录像显示，虎男于0点22分出门，手里提着星哉上班用的黑色大帆布包。

　　去车站的途中，虎男通过LINE给阿刚发了一条消息，指定了碰头地点，就在车站附近的若宫八幡宫。因为他觉得那里不招人耳目，方便动手。

　　虎男对星哉说道："我现在被吉冈雄一那帮人盯上了。他们甚至堵在我家门口威胁我。因为卡米松找他们告状了，说在日吉被我痛扁了一顿。而且他好像还到处跟人说我强逼他干S（偷香火钱）。真是找死！"

　　虎男和星哉先到达了若宫八幡宫。虎男藏在附近的公寓入口处等待他们二人。因为他怕辽太看到自己后逃走。

　　辽太和阿刚很快就骑着自行车出现在若宫八幡宫前面。虎男突然跳了出来，径直朝他们走去。

　　"手机给我！"

　　话音刚落，虎男一把抢过来辽太的手机，将手搭在了他的肩上。

"卡米松,你把在日吉发生的事告诉雄一了是吧?"

"我没有!"

"你找死啊!我听学弟说过,早就知道了!你害得我被吉冈兄弟威胁了!"

辽太一定感到很困惑。浩二那件事已经过去了,自己也从来没有给雄一打过小报告。

"我真的没有告状啊。"

"你给我老实交代!"

对方似乎根本不打算听自己的解释。也许是意识到了继续反驳的话只会进一步激怒对方,辽太打算道个歉渡过眼前这一关。

"对不起,饶了我吧!"

这句话如同火上浇油,虎男立刻变得暴跳如雷。

"我要好好教训一下你,过来!"

说完他就揽着辽太的肩膀将他往若宫八幡宫外面拖。阿刚和星哉推着两辆自行车跟在后面。

走在昏暗的道路上,虎男不仅多次向辽太发泄怒火,还用反手拳打了他的脸。阿刚看到辽太的鼻子流血了,就说:"算了吧!"

他是怕被人看到了会惹麻烦。虎男放下了手,默默朝多摩川的河岸边走去。

杀害

伊藤洋华堂川崎港町店位于铃木町站附近,再往前走就是港町公园。在这个十字路口向右拐,有一条夹在味精工厂中间的小路。小路连着京急大师线的铁路桥下的隧道，穿过隧道再往前走 100 米就是多摩川的河岸。

虎男等人来到河堤前时，2 月的寒风中传来了河流的水声。虎男停住脚步，对阿刚说："你把单车藏起来，躲一边去吧！"

既然要教训辽太，和他关系好的阿刚就很碍事。阿刚预料到了即将发生的事，他把自行车停在河岸上的广告牌旁边，留下另外三人，逃也似的离开了那里。

虎男强行拉着辽太下了河堤。那里有一片三角形的草地，边长约 40 米。再往前走就是水泥做的护岸斜坡。这里一到夜里就完全没了人的踪影。

虎男在草地上停住了脚步，把在若宫八幡宫从辽太手上抢过来的手机扔进了河里。因为他害怕辽太跟吉冈兄弟联系。

然后他把辽太带到护岸斜坡那里，重新开始审问。

"你为啥要向吉冈兄弟告状？"

"对不起。"

"对不起就算完了？"

辽太一个劲儿地道歉，想要逃过这一劫。星哉看到这幅情景，在一旁插嘴说："你这就是典型的得意忘形啊！"

虎男将辽太一把推倒在护岸斜坡上，骑在了他身上。然后问星哉："怎么处理这小子？"

他原本打算狠狠地揍辽太几拳。但是，此时意料之外的事发生了。星哉从黑色帆布包中取出一把工作用的美工刀，递了过来。以前虎男约星哉一起打工帮人搬家时，觉得工作时用得到，就和他去家居建材超市买了这把爱利华（OLFA）产的美工刀。刀柄是紫色的。

虎男接过来美工刀，想着吓唬一下辽太，就把刀刃露出来，在他脸颊上划了两三下。鲜血从伤口处渗了出来。虎男又挥舞着美工刀在辽太的手臂和膝盖上各划了一刀。

辽太捂着伤口站了起来，看上去很痛。虎男残忍地说道："喂！衣服会沾上血的。"

这等于在宣告还要继续用美工刀划伤对方。可能是出于恐惧，辽太默默地脱下了连帽卫衣，站在呼啸的寒风中，上身只剩一件运动背心。估计当时的寒冷程度足以让他瑟瑟发抖。

虎男重新握紧美工刀，在辽太的脖子上划了3刀。辽太大叫一声，痛得脸都扭曲了。

虎男看到辽太的运动背心被鲜血染红了，这才意识到自己的行为的严重性。一开始的目的只是狠狠教训他一顿。然而，对方负伤如此严重，很明显自己会被警察抓走。而且自己会被吉冈兄弟打个半死。

——事到如今，只能把他杀了。

虽然这种想法在脑子里一闪而过，他却没有信心下得去手。虎男有些胆怯，将美工刀伸向星哉。

"喂，你帮我划几刀。"

星哉用细长的眼睛看着他说："你再坚持一会儿。"

也许虎男感觉被对方轻视了，他握紧美工刀，朝辽太的脖子划去。鲜血从辽太的脖子上喷涌而出，但是并不是致命伤。

虎男好像已经到了极限，他说："我尽力了，该你了。"

此时，虎男似乎希望星哉阻止自己。后来在公审时，他这样陈述道：

"我想过要杀他，可是实际上我下不了手。中途我开始害怕，用美工刀刺他的时候没怎么用力。我觉得自己没办法割开他的脖子杀死他，就拜托星哉，说'该你了'。一方面想让他替我动手，另一方面希望他阻止我，两种心情各占一半吧。"

然而，星哉不但没有劝阻，反倒接过了递来的美工刀。然后他走到辽太面前，不声不响地在辽太的脖子右侧划了几刀。据说辽太一言不发，任由他划伤。

星哉又把美工刀还给了虎男。虎男心想，我下不去手了。他想到的主意是让阿刚动手。他从口袋里掏出手机，用LINE拨打了语音通话。

"是我，你现在在哪儿？马上给我回来！"

当时，阿刚从附近的便利店里买了两个饭团正在吃，接到联络后以为"（暴行）可能结束了"，就朝多摩川方向跑去。

大约过了5分钟，从河堤处传来了阿刚的呼唤声。因为天色太暗，他看不到另外三个人的身影。虎男回应道："在这边！"他把阿刚叫到了护岸斜坡上。

阿刚看到辽太，吓得说不出话来了。下面是他在法庭上的供词，描述了当时受到的冲击。

"我仔细一看，辽太赤身裸体，双手抱膝，坐在地上。他的左侧脸颊、大腿、手臂都在流血，把我吓了一跳。不，把我吓坏了。很难说清那种感觉，反正我都不敢看了。"

当时辽太全身有十多处刀伤。阿刚无法直视他，只是呆若木鸡地站在那里。此时星哉开口说："让他去河里游一会呗。"

河边凛冽的寒风呼啸而过。气温只有5.2摄氏度，冰冷的河水应该能让人感到疼痛吧。

辽太身负重伤，如果让他游泳，也许会自己溺水而死。那样的话就不用自己动手了。

虎男低声说"好主意",然后命令辽太:"喂,你去游一会。"

"……"

"去啊!"

辽太光着身子跳进了河里。到河对岸的河面宽度超过 100 米。他的身体被冷水冻得瑟瑟发抖,为了不被冲走,估计光是泡在水里就已经竭尽全力了。他心想游完之后肯定会被放走吧,全靠这一线希望硬撑着。

三个人站在护岸斜坡上,注视着在昏暗的河水中游泳的辽太。

虎男说:"好没意思啊。"

河边响起了他的说话声。

阿刚说:"这样下去的话,他会淹死的。"

辽太的脑袋在河面上时隐时现。

"他会游到河对岸的。"

阿刚大声喊道:"喂——卡米松,回来吧!"

声音传到了昏暗的河面上。虎男也觉得万一辽太逃到对岸就麻烦了,所以高呼道:"快回来!"

河里的身影慢慢地靠近了,辽太爬了上来,全身上下都在滴水。恐怕此时他已经陷入了接近失温症的状态。

虎男把美工刀递给阿刚,喝道:"你也动手吧。"

阿刚明白他是让自己动刀,有些为难。

"我、我下不了手。"

"我让你动手听到没!"

"我办不到!"

"开什么玩笑?快动手!"

43 次杀意

经过几番争论，虎男情绪激动起来，一把将阿刚推倒在地。然后骑到他身上，把沾满血的美工刀的刀尖抵到他脖子上，大喊道："我叫你动手没听到吗？你不动手，我就把你也杀了！"

阿刚险险挡住了虎男握着美工刀的手臂。

"算了吧！"

星哉拉开了对峙的两人，劝他们现在不是内讧的时候。

虎男收回拿美工刀的手，对站起来的阿刚说："给我看看时间。"

阿刚把自己的手机递了过去。结果虎男一把夺了过来，塞进了自己的口袋里。然后再次将美工刀递了出去。

"快动手吧！"

手机被抢走了，阿刚也没办法打电话求助了，只好说"知道了"。他接过来美工刀，朝全裸的辽太走去。

辽太用畏惧的眼神看着他，开口说"对不起"。可能他觉得道歉之后就会被饶过吧。阿刚喃喃地说"对不住了"，用美工刀划了一下辽太的脖子。刀尖割破了皮肉，辽太闷哼一声，痛得弯下了身子。

阿刚说："这样行了吧？"

"还行吧。"

虎男发现谁都不敢给辽太留下致命伤，有些焦躁。他迫不得已地说："喂，你再去游一次吧。"

辽太想要迈步，脚下却有些不稳。可能是由于出血和寒冷，头脑昏昏沉沉的吧。他就像滑滑梯一般从护岸斜坡上掉进了河里。

阿刚看到他这副样子，说："这有点儿危险吧……"

不过，当辽太游到河面中央时，虎男再次把他叫了回来。

"够了，回来吧！"

辽太好不容易爬上了护岸斜坡，却支撑不住，跪在了地上，嘴里冒着白气。

虎男催促阿刚："再划一刀！"

这次阿刚没有抵抗，握紧了美工刀。他感觉既然动了一次手，再动几次都是一样。而且，这样下去的话，也许下一个被攻击的目标就是自己了。

阿刚拿着美工刀靠近辽太，辽太半跪半坐在地上，满眼含泪，嘴里念念有词。他似乎和刚才一样在说"对不起"，但是发音含混不清。阿刚把刀刃抵在他的脖子左侧，一下子划向了喉部，鲜血飞溅而出。

虎男又命令道："另一侧也来一刀！"

阿刚将刀子换到另一只手上，在辽太的脖子右侧同样划了一刀。

阿刚说："这下够了吧？"

"嗯。"

虎男接过来美工刀，又把它递给星哉。刀上一定沾满了鲜血和脂肪。星哉没再用刀划伤辽太，而是抓住他的头发，将他的头朝护岸斜坡的水泥地上狠狠地掼去。只听地上响起咚的一声。

阿刚预料到了接下来将要发生的事，实在待不下去了。

"我去望风。"

阿刚逃也似的独自往河堤走去。正在此时，他听到背后再次传来一声闷响，是星哉将辽太的头部掼到水泥地上的声音。

辽太四肢撑在护岸斜坡的地面上，星哉拿着美工刀逼近他，

43次杀意   35

然后迅速朝他挥下去。这一下似乎用了很大力气，刀刃一碰到脖子就断了，朝黑暗中滚落，发出了金属碰撞的声响。

星哉说："要不要把刀刃捡回来？"

"不用了。"

辽太俯身趴在护岸斜坡上，似乎已经筋疲力尽。星哉把美工刀还给了虎男。

虎男把心一横接了过来。事到如今，只能下死手了。也许他心里已经打定了主意。他向前推出新的刀刃，使出浑身力气切开了倒在地上的辽太的左侧脖子。他感觉刀尖滋的一声刺入了皮肤深处。

辽太刹那间发出了痛苦的悲鸣："啊——啊！"

他趴在地上，一动不动了。

虎男俯视着他，通过自己手上残留的触感，心想"他应该是死了"。阿刚已经走到河堤上了，听到惨叫后脸色发青地回来了。

虎男看着趴在地上的辽太，渐渐地有些害怕起来，对星哉说："把他扔到河里吧！"

星哉把手伸到辽太腋下，想要搬动他，然而失去力气的身体太重了，根本搬不动。他用鞋底踢辽太，想让他滚到河里。浑身是血的身体从护岸斜坡上滑落，停下的时候已经仰面朝天，受伤的下半身泡在了冰冷的河水里。

虎男问："还喘气儿吗？"

星哉把耳朵贴近辽太的脸。

"有一点儿。"

但是，没有人提议救一下辽太。

"回去吧。"

说完这句话，虎男捡起辽太脱在地上的衣服，塞到了阿刚手上。

"你拿着这些去单车那里等着。"

阿刚接过衣服，先离开了现场。虎男和星哉用手机的光照着地面，确认地上是否还有遗留物品，然后离开了现场。

三个人离开河岸之后，朝星哉的公寓方向逃去。自行车的车筐里装着辽太沾满血的衣服。

他们先去了附近的便利店。虎男在店门前停下脚步，并不打算进去，而是对阿刚说："你把外套脱下来。"

"嗯？"

"用这些钱买点油来。"

他递过去一张面值 1000 日元的钞票。他让阿刚脱掉外套，自己不肯进入店内的原因，是害怕被监控摄像头拍到。阿刚攥着钞票独自进到店里，按照虎男的吩咐买了两罐打火机专用油。

接下来他们去了相距 200 米远的伊势町第一公园。作为住宅区的公园，面积不算小，种了很多棵樱花树。中央有一个三角房顶的公共厕所。男厕贴的是白色的瓷砖，女厕贴的是浅粉色的瓷砖，以此进行区分。

凌晨 3 点前的公园鸦雀无声。虎男确认没有人影后停下自行车，又吩咐阿刚："你帮我把卡米松的衣服拿到厕所里去。"

阿刚把辽太的衣服和运动鞋拢在一起，抱着进了女厕。当时他把辽太衣服口袋里装的钱包和头戴式耳机取出来放进了自己的口袋和包里。在公审时，他说"是想留作纪念"，估计是打算据为己有吧。

女厕里有一个蹲便器，阿刚把衣服放在了那里。虎男和星哉随后也进来了。

"可以了，你去外面把风吧。"

虎男把阿刚赶出去之后，取出刚买的两罐油，洒在了衣服上。油的气味在整个厕所弥漫开来。

虎男确保油已经充分浸入衣服里之后，点着了火。衣服和鞋子上突然蹿起了火焰，紧接着就熊熊燃烧起来。虎男和星哉眼看着火苗将衣服完全吞噬以后，骑上自行车，急急忙忙离开了现场。

后来，虎男又吩咐阿刚返回公园，看看衣服有没有完全烧尽，自己和星哉先回了公寓。

阿刚按照虎男的吩咐，独自去了公园。女厕所里冒出了很大的火苗，一名老人正在那里观望。火势相当猛烈。阿刚试着打了个招呼，老人回答说："我已经报警了。"

估计他说的是打 119 报火警吧。阿刚找老人借了火，开始吸烟，看了一会儿火焰。不过，他有些不安，担心警察来了会找他问话，于是决定转身离开。

随后，阿刚与虎男和星哉会合了。监控摄像头拍下的录像显示，星哉是从公寓的北侧出入口跳进去的，而虎男和阿刚则是从正面入口遮着脸回来的。

然后三个人大约在公寓待了两个半小时。关于这次事件，他们只是在统一口径时说了一句"今晚的事要瞒着别人"。然后他们用手机玩游戏一直到黎明时分，仿佛把杀人的事忘得一干二净了，早晨 5 点 35 分离开了公寓。

令人难以置信的是，从那以后，三人的 LINE 聊天记录中竟然很少有关于事件的话语。他们交流的全都是彼此的个人情况和游戏相关的信息。

从那天开始，直到被逮捕，虎男等人的 LINE 聊天记录中只有一次具体谈及了那次事件。是事件发生后的第二天，即 21 日。估计是看到辽太的名字出现在了 wide show（带一定娱乐性的新闻节目）或其他节目中，阿刚给虎男发了这样一条消息："你看新闻了吗?"

从那以后，LINE 聊天记录中再也没有出现过与那次事件相关的内容。

第二章　家人

组建家庭

为什么辽太会连续多日与年长的虎男他们一起晚上出去游荡呢?

媒体报道这次事件之时,很多人自然而然地提出了这样的疑问。

对于初中一年级的学生来说,十七八岁的少年就像是比自己大一两轮的大人一般,一般的中学生估计不会愿意和他们一起玩吧。然而,辽太遭到虎男施暴之后,还是经常和他一起晚上出去游逛。

要想弄清楚辽太与虎男等人在一起混的原因,就需要留意他在家庭和学校里的情况。

他的父母建立了一个什么样的家庭?从西之岛搬到川崎来的原因是什么?父母和学校如何看待他深夜游荡这件事?

我想通过关注辽太生活学习的环境,来探索这个被卷入事件的初一少年的内心世界。

辽太的父亲善明于1970年年底生于川崎(本次事件的发生地),并在这里长大。

善明的父母刚结婚时生活在东京,但是怀上了善明之后就搬到了川崎。他的母亲老家在宫城县,由于她的兄弟姐妹先住到了这里,所以她认为抚养孩子的时候最好在附近有个可以商量的人。

他们在川崎的第一个房子紧挨着事件发生时星哉所住的公寓。在那个家里，父母精心地抚养着善明。

善明读小学一年级的那年秋天，不幸的事降临在这个家庭。他的父亲英年早逝，母亲不得不独自抚养善明。第二年，他们母子就搬到了位于伊势町第一公园（辽太衣服被烧毁的地方）附近的房子。

因为学区变了，善明就转学到了离家近的K小学，进而升入了K中学（后来虎男和星哉也曾在这里就读）。也就是说，在杀害儿子辽太的三名凶手中，善明是其中两人的学长。

善明说："辽太被杀害的地点是多摩川，那是我小时候玩耍的地方。我经常和朋友一起在那里运动，有时候一起去看烟花。辽太衣服被烧毁的那个公园也是如此，因为离我家很近，所以放学后和休息日我都会去玩。就是在那样一片土地上，我儿子被人杀害了。"

善明从县立高中毕业后进入美容学校学习，后来在美容院工作。然而那份工作实在是不适合自己，他没过多久就辞职了。

善明有个朋友的姐姐开了一家小酒馆，他决定一边找工作一边在店里帮忙。他的主要工作是在厨房里做菜和干一些琐碎的杂活，不过有时候也会站在吧台后面陪顾客聊天。

不久，新的工作单位定下来了，是在自来水公司当管道工。善明白天在单位上班，晚上和朋友结伴轮番去川崎的各家店里喝酒。

有一天，善明和同事一起走进了位于川崎大师站附近的一家小酒馆。雅子在那里工作，后来嫁给了他。善明和雅子都是本地人。善明自我介绍后，雅子一副很惊讶的表情，她说："我认识你啊。"

"什么？"

"我上高一的时候，一直和你坐同一班电车去学校，你不知道吗？"

善明读高三时，比他小两岁的雅子读高一。善明根本不记得此事，她却记得清清楚楚。

没用多长时间，善明就成了这家小酒馆的常客，也渐渐和雅子以及店里的其他员工变得熟络起来。有时还会陪着酒馆里的老板娘等几个人一起去短途旅行。有点像是本地的朋友圈子那样的关系吧。不过，雅子有男朋友，是在工作中认识的，所以善明和她的关系并没有发展到超出友情之外。

过了一阵，雅子从店里辞职了。原因是她决定和正在交往的男人结婚。店里的氛围逐渐发生了变化，不知不觉间善明也不再光顾那家店了。

两年的时光过去了。有一天晚上，善明在酒馆街小酌一杯，偶然间遇到了雅子。善明因重逢而感到喜悦，并问雅子现在在做什么。雅子回答说："我离婚了，现在住在娘家。"

离婚的事情倒是听人说起过。

"原来是这样。"

"虽说是住在娘家，生活也很辛苦，还要照顾儿子。所以我又回到那家小酒馆工作了，欢迎你下次来玩。"

过了几天，善明久违地光顾了那家小酒馆。看到吧台里面有雅子的面孔，感到十分怀念，善明仿佛又回到了从前，再次成为这家店的常客。他工作一结束就去店里，一边喝酒一边东拉西扯地聊天，一直待到很晚。两人像以前一样相处，距离渐渐拉近，发展成了情侣关系。

不久后，两人决定同居。年幼的长子新太郎（化名）也和他们住在一起。同居之前约会时，有好几次雅子都带着新太郎一起，所以新太郎对善明也很亲近，而善明也不讨厌孩子。

开始同居后没过不久，雅子的肚子里有了新生命。这个新生命就是次子辽太。善明决定和雅子登记结婚。当时善明30岁，雅子28岁。

辽太出生于2001年4月29日，给他取这个名字是因为"希望他心胸宽广，即使身材不高大也没有关系"。善明也很满意这个名字，觉得叫起来很顺口。

一家人的生活看似顺利地步入了正轨，但是其实有一个问题。那就是新太郎的老毛病。他从小就有严重的哮喘病，一旦病情发作，嗓子里的痰就会堵得他喘不过气来。病情严重发作时，善明不得不将新太郎倒立过来，把手指伸进他喉咙里，强行让他吐出来。

对于他们夫妇来说，一边照顾出生不久的辽太，一边看护生病的新太郎估计是很大的负担吧。也不知道是谁先提起的，他们开始讨论，为了新太郎的健康，或许应该搬到空气好的郊区住。

雅子发现怀上长女小舞（化名）之后，他们开始具体讨论搬家事宜。小舞和辽太只相差一岁。那时善明在东京都内的施工管理公司工作，想要搬到郊区的话，当时正是一个好时机。

"好，搬家吧。搬到东京近郊的话，我就可以每天从家里去公司上班了，没问题的。"

经过多方打听，他们最终住进了千叶县印西市的公租房。

印西市周围有利根川、印幡沼、手贺沼等河流湖泊，以丰富的自然资源而闻名,随处可见以前的那种田园风光。夫妻俩带着新太郎、辽太和小舞三个孩子在那样的小城市开始了新的生活。

一开始,善明在千叶的家和东京都内的公司之间往返通勤,后来他决定跳槽到千叶县内的运输公司。碰巧雅子的父亲担任董事的公司的营业网点就在附近,于是就把这份工作介绍给他了。善明在运输公司担任的职务是调度员,负责安排卡车出行的目的地,雅子则作为家庭主妇专心做家务。

印西市绿化很好,空气清新,新太郎的哮喘也没有恶化,在这里茁壮地成长。辽太也有哮喘,不过他精力充沛,讨厌坐在婴儿车里,宁愿下车自己走,长到两三岁的时候就开始到处乱跑。善明和雅子出门时,总是追着他大声喊"辽太,你等一下!""停下!"。

有一天,发生了一件事,打乱了他们一直以来的平静生活。法院寄来了一份催款通知书,大概内容是他们长期未支付公寓的房租,若不尽快支付的话,就不得不让他们搬离此地。

善明回忆道:"关于拖欠房租的事情,我完全不知情。因为我每天都要忙工作,家里的事情全都是由辽太的母亲打理。我们有收入,而且住的是公租房,所以房租也不算贵。虽说家里有五口人,但孩子们都还小,生活费应该是绰绰有余。因此,第一次收到法院的催款通知书时,我甚至还怀疑是不是弄错了。

"事情很快就弄清楚了。是因为辽太的母亲刷信用卡买了很多东西,结果债台高筑,所以没有及时缴纳房租。这件事她从来没有告诉过我。"

按照善明所说,之所以会变成这样,是因为雅子的购物意识出现了偏差。

"我并不是说辽太母亲的金钱观念是错误的,她也没有挥金如土、疯狂购买名牌产品。只是,她一看到想要的东西时,就无法忍耐。无论是自己的东西还是孩子的衣服,想要的话就会抑制不住购买的冲动。比如,去手机店时,她一看到喜欢的新机型,当场就会买下。

"我和她在一起很久了,也了解她的这种性格,但我以为再怎么乱花钱也是有限度的吧。起码她应该会支付房租的,可是事实并非如此。我一查才知道,她在千叶的永旺(AEON)办了一张信用卡,接二连三地借款购物,似乎是还不上了。

"她之前也有过几次缺钱花的时候,都是死乞白赖地让娘家的父母帮忙垫付的。毕竟她是独生女嘛。但是,当时她已经向娘家借了很多钱,所以也没好意思再开口,这才拖欠了房租。"

即使想要支付拖欠的房租,手上也根本没有那么多存款。

善明主动到法院说明了情况,并提交了偿还计划。他承诺会按照计划一点一点还款,在这个前提下,他们可以继续住在公寓里。

为了尽可能增加一些收入,善明决定在去运输公司上班之前兼职送报纸。他每天凌晨3点去送报点,骑着摩托车在田间小道上来回配送两个小时,然后再去公司。虽然只送晨报,每周上6天班也会有八九万日元的收入,总算是有了还债的眉目。

然而,没过多久,他们就再次收到了法院的催款通知书。里面写着他们现在仍然拖欠房租。究竟是怎么回事呢?经核实,发现是因为雅子并没有用善明送报纸赚来的钱支付拖欠的房租,而是去还信用卡了。

可是为时已晚,一家人不得不从公寓搬出去。尽管两人的第二个女儿，也就是第四个孩子才刚刚出生。既然如此，干脆在一个全新的地方从头开始吧。

善明打算移居到乡下的小城，决定在网上找一份工作。因为他小时候有当渔夫的梦想，所以着重查询了渔业相关的工作。偶然间，他看到了西之岛的渔业公司的招聘广告。

西之岛的年轻人都想离开小岛前往大城市，由于这种倾向很强，所以企业在当地政府的协助下正积极地招募Ⅰturn（从大城市移居到乡下）的人才。据说14％的岛民都是利用Ⅰturn政策的移居者。经过仔细查询，他发现移居的相关制度非常完善，例如发放补助、帮忙介绍便宜的住宅、协助育儿等，薪资制度也很明确。

如果是在这里，也许可以开始新的生活。

善明心中充满了希望，决定带着雅子和孩子们搬到西之岛居住。

西之岛

辽太5岁那年，一家人离开千叶，搬到了西之岛。

隐岐诸岛中有四个岛上住人，西之岛是其中的第二大岛，但人口还不到3000人。岛上自然风光优美，主要产业是渔业，至于岛民们的娱乐活动，则只有弹珠机、夏日庆典再加上钓鱼了。

尽管如此，对于孩子们来说，小岛大概就是玩耍的天堂吧。有很多空地，即使吵闹也不会遭到抱怨。如果在清澈的大海中垂钓的话，就能钓到很多加吉鱼、平鲉鱼、沙梭鱼，非常有趣。蝴蝶在森林中翩翩飞舞，独角仙聚集在家里的灯光下，牛和马在山坡上吃草，从那里望去，日本海一览无余，这些都是在大城市里看不到的画面。

他们一家住在一个叫由良的地区建的廉租房里。善明作为一名被雇用的渔夫登上了渔船,一开始为了适应这份工作,吃了很多苦。

渔民的工作非常消耗体力,工作环境也很艰苦。傍晚乘渔船出港,第二天天亮之后才能回到港口。除了因暴风雨而停止出海之外,固定的休息日只有周六,有时甚至还会连续出海一周左右。工作期间,善明必须拖曳沉重的渔网、把大量的鱼送到港口,有时由于疲劳过度,甚至还会呕吐,来岛上一年,体重就掉了10公斤。

善明说:"最痛苦的是,我和孩子见面的时间很少。工作早上才结束,我回到家的时候,孩子们就已经去上学了,正好错过。终于等到孩子放学回家了,我又得坐船出海了。到了休息日,我又因为过于疲惫,往往躺着休息。本来就是昼夜颠倒的生活,和孩子们在一起的时间难免会减少。"

等到二女儿能送进保育园之后,雅子开始在岛上的旅馆和养老院做起了临时工。但是旅馆的工作并不是全职的,只有周末或旅游旺季的时候才会雇她去帮忙,因此上班时间和收入并不固定。也正因为如此,雅子后来考取了护理员的资格证书,开始在福利机构工作。

生活在岛上的人对这家人的评价是这样的:

"我觉得他们从大城市来到岛上,还带着那么多孩子,能适应岛上的生活很不容易。从外地搬来的人当中,有些人把这个岛当成了世外桃源,不过现实却是工作很少,商店和设施也很匮乏,所以各方面的生活条件都很艰苦。

"在岛上,如果没有车的话,哪里都去不了,可是我想雅子应该没有驾照,因为我看到她每天都骑着自行车到很远的地方工作。我很佩服她为了孩子这么努力。"

善明和雅子从小就生活在大城市,对于他们来说,岛上的工作和人际交往自不必说,出行方式等一切事情都是第一次面对,所以一定有数不清的琐碎事情需要操心。

年幼的孩子们没花多少时间就习惯了岛上的生活。哥哥新太郎的性格比较文静乖巧,而辽太上了小学之后依然属于那种活泼好动的类型,不管在谁面前都喜欢撒娇卖萌,非常可爱。用他父亲的话来说,就是"虽然笨手笨脚,但是性格开朗,属于给点儿阳光就灿烂的家伙"。他很快就融入了附近的居民当中,能够和比他大一两轮的人一起玩。岛上的居民也很宠爱辽太,经常约他一起去钓鱼。

和他一起玩过的一名岛民说:"认识辽太的时候,我大概二十出头吧。不论年龄大小,他和谁的关系都很好。他主动跟我打过几次招呼,后来我们就聊到'要不改天一起去钓鱼吧'之类的话题。于是我带他坐小船去海上,钓了一整天的鱼。我教给他钓鱼的要点和上饵的方法。

"岛上的人们几乎都是熟人或亲戚关系,所以不分年龄,彼此都会轻松随意地打招呼。从大城市来的人往往需要很长时间去适应这种交往方式,而辽太本来就是这样的性格,甚至可能比在岛上土生土长的孩子还要大大咧咧。正因为如此,得知这个案件的时候,我心想他总是那样开朗地和学长们打招呼,或许正是那种性格害了他。"

善明在日常生活中没有办法照顾家庭,作为补偿,他总是趁盂兰盆节放假的时候带着孩子们去本州岛旅行。一家人乘坐渡轮穿过大海，在岛根县内的松江市或隔壁鸟取县的米子市住宿。

因为岛上根本没有娱乐设施，所以带孩子们去电影院和购物中心时，他们就像来到了游乐园一样欢欣雀跃。家庭餐馆的宽大餐桌、咖啡厅的甜品等，估计光是看看就觉得新鲜了。用在岛上吃不到的东西塞满肚子，有喜欢的东西就让爸爸买。像这样尽情地玩耍之后再回到岛上，是盂兰盆节的惯例。

在平时的生活当中，孩子们之间的关系也很好。由于新太郎和辽太年龄相差5岁，两人的性格和爱好也截然不同，所以他们并不会形影不离地一起玩耍，但也很少发生争吵。

有一次，善明在一艘载重19吨的大型渔船上工作时，曾带着新太郎和辽太两个人到船上参观。结果两人在船上发现一张床，就跳了上去，嬉闹着玩耍了起来。善明看到这幅情景，再次觉得"兄弟俩关系真好啊"。

随着在岛上生活的时间越来越长，夫妻关系逐渐出现裂痕。善明因为不熟悉工作搞得筋疲力尽，而雅子也因为在陌生的小岛上抚养四个孩子而倍感压力，所以两人经常为了鸡毛蒜皮的琐事发生冲突，争吵的次数增多了。

按照善明的说法，引发冲突的原因就是家中的一片狼藉。雅子虽然会做饭和洗衣服，但是在川崎和千叶生活的时候就不太会收拾整理。搬家的行李、用过的餐具、装着垃圾的袋子、剩下的饭菜等等，她习惯把各种东西拿出来摊在那里。无论提醒她多少次，她都只是回答一句"知道了"，却丝毫没有要改的样子。

善明通宵工作，早上下班回到家，看到这样的一幕时，真想大喊一声"适可而止吧"。但他把那句话咽进了肚里，开始自己动手整理，结果雅子反倒毫不掩饰自己的愤怒。

"你这是在讽刺我或者故意让我难堪吗？"

"我不是那个意思。"

"那你就别这么做啊！"

善明因为疲劳，也没心情把她的话当耳旁风，立刻就用强硬的言辞怼了回去，雅子也勃然大怒，极力反击。两个人就这样你一言我一语地互相骂了起来。

我们很难客观地去判断他们家里到底有多乱。不过，认识这家人的岛民这样描述道：

"我印象中他们家里收拾得不太整洁。我理解他们夫妻都在工作，孩子又小，可是就算抛开这两个因素，也太乱了。感觉没有可以落脚的地方，我甚至都不太想让自己的孩子去他们家玩儿。

"辽太的衣服也不干净，有时候连续好几天穿着脏衣服，可能他们家不怎么洗衣服吧。

"另外，有一段时间，他们因为小女儿的先天性过敏症感到苦恼。岛上的居民当中，有人说'先天性过敏症之所以没有好转，可能是因为他们没有在孩子的饮食上用心吧'。虽然不知道是真是假，但是估计有这种想法的人不在少数。"

还有岛民作证说"辽太擅自打开别人家的冰箱，吃里面的饭菜""擅自拿走别人的钓鱼竿"等。辽太留给别人的印象除去不认生之外，可能就是父母管教不严吧。

为了避免大家误解，我先声明一下，这并不意味着雅子疏于管教（放弃育儿）。她同时打了两份零工，竭尽全力地想把孩子们抚养成人，这大概都是出于对孩子们的爱吧。善明自己也表示:"我认为辽太的母亲是真心爱着孩子们的。"

上面提到的那位岛民也观察到了这一点,所以才继续这样说道:

"我觉得她是一个非常努力的人,也有很多人支持她。不过,我总觉得有一些不对劲儿的地方。

"虽然我记不清具体时间了,当时她还在福利机构工作,有一次她突然无故缺勤。也没说原因,突然就不来了。过了一段时间,她又装作若无其事的样子回来了,请求对方让她继续工作。但是单位的上司拒绝了,没有接受她。这也难怪啊。"

想一下信用卡贷款的事,就会觉得她可能就是那种顾不上日常生活中的细节的类型。

据善明说,他和雅子不仅对生活的态度不同,在育儿理念方面也有很大分歧。例如,如果孩子做错了事,善明认为应当严加斥责并要求改正,另一方面他也注重张弛有度,在盂兰盆节的旅行期间,他想让孩子们尽情地做自己喜欢的事情。

但是雅子和他不一样。她认为无论是日常生活中还是旅游期间,都应该坚持用同样的态度对待孩子。如果孩子们做了错事,即使是在旅馆里,她也会和平时一样批评,如果孩子不听,有时候也会动手打。

如果善明对她的做法产生了疑问,指出"你那样做不妥吧",她就会把愤怒的矛头指向善明。据说夫妻两人经常当着孩子的面吵架。

这里写的都是善明的看法,站在雅子的角度,可能也有别的意见。不过,夫妻吵架时受伤害的总是孩子们。在同一片屋檐下,父母大声地互相谩骂,面对这样的光景,年幼的孩子们除了害怕还会感到什么呢？

离婚

来西之岛后只生活了 4 年，辽太的父母就决定离婚了。夫妻吵架虽然伤害了双方的感情，但是为了在这片陌生的土地上扎根，彼此都在努力地维持关系。然而，按照善明的说法，是一件意料之外的事改变了他们的命运。

那天，善明打鱼归来时也是早晨，像平时一样吃鱼喝酒后正在睡觉的时候，被雅子叫醒了。雅子说："新太郎在学校里好像被保护起来了。"

"被保护起来了？"

"听说是在儿童庇护所里。"

两人还没搞清楚是怎么回事，就被安排了一场谈话。

岛根县松江市有个中央儿童庇护所，在隐岐诸岛设立了分部——隐岐咨询室。那里的职员要找善明谈话。职员说："之所以对新太郎采取临时保护措施，是因为我们认为您和他的亲子关系不正常。"

听到临时保护这个词，善明无法掩饰震惊的心情。善明有时候确实感觉到自己和新太郎之间有距离，但是哪对父子之间都多少会有点隔阂呀。

善明问："您说不正常，是指什么意思啊？"

"我们接到消息，说新太郎在家里受到了虐待。"

"虐待？"

"是的，是学校方面联系的我们。所以我们确认了事情的真实状况，决定把他保护起来。"

善明问了一下具体情况，这才知道原来是新太郎在学校里写的一篇作文引发了问题。他好像在里面写了"被父亲揍了一顿"。

说起来确实发生过几次那样的事。前一阵，新太郎参加了初中网球部举办的比赛，结果输了。回家后他很沮丧，哭着说"完蛋了"。

善明看到新太郎这副样子，觉得他的态度不正确。以前新太郎并没有非常认真地投入到训练当中，也没有让人感受到他志在必得的气魄。善明对哭泣的新太郎说："既然你输了比赛觉得不甘心，就好好训练，不要留下遗憾。不努力就别哭！在下次比赛之前，你应该健身或者跑马拉松！"

善明是想告诉他努力准备的重要性。然而，新太郎并没有听进去父亲的话，他不想拼命地训练。

善明反驳了儿童庇护所的职员。

"我动手打新太郎是为了管教他，并没有虐待他。"

"虽然您说是管教，毕竟也是动手了吧。"

"话是这么说……"

"既然动手了，就是虐待。不可以做孩子讨厌的事。"

"请等一下，如果孩子做错了事，或者没有遵守约定的话，作为父母，就算打他几下也要让他明白道理，这难道不是理所当然的事吗？如果每次都被说成是虐待的话，我们还能做什么？"

"我们不允许任何动手的行为，一旦确认了您确实做过那样的事，我们就得把您的孩子保护起来。"

"你在说什么？那如果孩子想要夺取别人的性命怎么办？即使揍他也要制止他，这才是父母该做的吧？难道说这也算虐待吗？"

"不管有什么样的理由,我们都不允许对孩子动手。"

双方各执己见,谈话一直没有得出结论。

我不确定善明所说的"动手"是怎样的程度。估计也要看新太郎如何理解这个问题,也有可能不止发生过一两次,而是各种问题积累到一定程度后的结果。估计儿童庇护所也是因为掌握了某些证据,才决定采取临时保护措施的吧。

在这一前提下,我想引用一下善明的意见。

"我不打算完全反对体罚。既然身为父母,我认为有时候哪怕揍一顿也要把孩子管教好。儿童庇护所的主张是'与孩子坐下来好好交流的话,他应该会明白的',但是有些孩子就是不听。

"例如,杀害辽太的凶手们不就是这样吗?他们的父母应该从小就告诉他们不可以杀人吧。可他们还是杀了。既然父母作为孩子的监护人必须承担责任,那么面对他们这种说了也不听的孩子,为了让他们明白道理,我认为动手也不算错。

"儿童庇护所坚持无论发生什么事都不能动手的态度,他们认为打人本身就是不对的,不可以做孩子讨厌的事。他们说这些都属于虐待,所以是不被允许的。"

横在双方之间的鸿沟太深,怎么也谈不拢。为了要回新太郎,善明和雅子的最终选择是离婚。

善明继续说道:"儿童庇护所的主张非常明确。他们说我虐待新太郎,只要我在,就不能让他回家。要想把他领回去,我就不能待在家里。

辽太的母亲无论如何都想把新太郎领回去。我也理解她的心情,所以和她商量之后,决定暂且离婚。也就是说,我们分开并不是因为讨厌对方了。离婚只是为了要回新太郎而采取的措施。"

43次杀意

借用善明的话来说，他们是以一种圆满的形式离婚的。此时雅子的肚子里已经有了第五个小生命。

和儿童庇护所谈话之后，善明留在了位于由良的房子里，雅子怀着身孕带着孩子们搬到了一个叫船越的地区。新太郎也从临时保护所里领回来了。由于雅子还在妊娠期，和市政府的职员商量后，决定申领生活补助。

两家的直线距离只有2公里左右，并不是很远。据善明说，刚离婚那阵子，他和雅子还有孩子都频繁来往于彼此的家中。辽太和小舞习惯了每周六来善明家里玩，反过来善明也会把工作中多领的鱼分一些带过去。

关于辽太的回忆就是周六来玩时一起踢足球。辽太就读的西之岛小学就在善明家附近，休息日会开放校园。善明和辽太进入宽敞的校园，两人你追我赶地踢球。有时候路过的同学或附近的熟人也会打个招呼加入进来。

除了在外面玩耍，辽太从小就很喜欢玩游戏，分开生活之后经常死乞白赖地央求善明给他买个游戏机。善明把买来的任天堂DS给他时，他高兴得几乎跳了起来。

善明和雅子保持着若即若离的状态，同时也想每周都和孩子们见面。但是由于几方面的原因，两人的关系不断恶化。

其中之一就是抚养费的问题。决定离婚时，两人约定由善明每个月支付5万日元作为孩子们的抚养费。然而，雅子开始领取生活补助了。按照制度规定，如果雅子接受抚养费，那么她领取的补助额度就会相应地减少。两人认为这样一来支付抚养费就会失去意义，所以决定在领取补助期间停止支付。

然而，后来善明得知岛上正在流传一种奇怪的谣言，说是"由于善明不支付抚养费，雅子一家生活得很困难"。除了雅子之外，别人都不知道善明没有支付抚养费，估计谣言是她散布出去的。

善明有一种遭到了背叛的感觉。明明是两个人共同做出的决定，为什么要说与事实不符的话呢？善明越来越不信任雅子，这时雅子突然联系了他。她说："抚养费的事只是口头约定的话，我有些不放心，所以决定去一趟法院。你没问题吧？"

估计她是想留下正式的文件作证据吧。善明心想，为什么事到如今又要这样呢？再加上那些谣言，他也不想冷静地交谈，就回答说："既然你想那样，就按你的意思来吧。"

雅子好像没有去法院，后来关于善明没有支付抚养费的风言风语也一直没有平息。

同一时期，岛上又开始流传另一个谣言。人们纷纷议论，说"离婚好像是因为善明家暴"。因为是家庭内部的事情，所以善明觉得这也只能是雅子说出去的。他越发不相信雅子了。

善明说："抚养费的事也好，家暴的事也罢，我都搞不明白到底是怎么传开的。在和儿童庇护所协商的过程中，我说没有实施过家暴，辽太的母亲也替我证明说'没有那回事'。可是刚一离婚就传出了奇怪的闲话。

"辽太的母亲单方面地把我塑造成了恶人，可能她是想让别人把自己当成'受害者'。我只是在管教孩子的时候动过手，从来没有对她使用过暴力。一开始每次听到谣言我都会出面辟谣，后来渐渐地心想算了吧，就决定不再去理会了。"

随着谣言四起，岛上的人越发添枝加叶地议论起来。善明和雅子二人的关系日渐恶劣，孩子们也卷入了这场风波之中。

分居半年之后，发生了一件事，使得善明和孩子们之间的关系出现了裂痕。在这之前，辽太和小舞每周都会去善明那里一起过周六，已经形成了习惯。在七八岁的孩子们眼里，每周能向父亲尽情撒娇的这一天，估计是非常宝贵的时光吧。

有一天，善明却打破了这个约定。由于前一天彻夜出海打鱼，还要修理渔船，他感到身心俱疲，根本没有精力陪孩子们玩。于是他联络了雅子，告诉她今天不想和孩子们见面了，结果雅子勃然大怒。

"不要只考虑你自己，孩子们可是很期待这一天的！我以后绝对不会再让他们过去了！"

善明心想，她为什么要说这么极端的话呢？

从那天以后，雅子果真不让辽太和小舞去善明家了。估计在孩子们看来，既然母亲不让去，他们也只好服从。

自从不能与善明见面之后，辽太就开始热衷于运动。让他尤为着迷的是在学校里打的迷你篮球。虽然比普通篮球比赛的人数少、时间短，但基本规则都一样。

辽太之所以开始玩迷你篮球，好像是因为他在田径比赛中对自己的运动细胞产生了自信。从举办田径比赛的数日前开始，辽太就再三地央求雅子："妈妈，你一定要来啊！"雅子也觉得既然孩子那么期待，所以一大早就干劲十足地做好便当出了门。

赛场上，辽太当选为八百米赛跑的选手。他与其他选手并排站在起跑线上，听到"预备，跑！"之后就冲了出去，一口气抢在了最前面，就这样第一个跑到终点，获得了冠军。可能是因此获得了自信吧。后来他以《我最喜欢跑步》为题写了一篇作文，被收录到了学校的文集中,他在文中就表达了想打迷你篮球的愿望。

他放弃了之前练习的剑道,专注于迷你篮球,日复一日地埋头苦练。他本就身手敏捷,所以在球场上总能巧妙地绕过对方,果断地瞄准篮筐。功夫不负苦心人,他上五年级时,因为进步显著,被选为球队的副队长。

这段时间是辽太一生中最充实的时期。在俱乐部里,他受到了同学和学弟们的信赖,同时也被老师们寄予了厚望。读五年级的时候,他作为学校的代表前往临海学校,站在其他学校的学生面前,负责介绍小岛的海上运动。

在同学们中间,他是活跃气氛的积极分子。当时的老师们至今都还记得六年级的春天去广岛游学时的情景。当时辽太头戴草笠,腰插木刀,以一身武士的打扮出现,逗得大家哈哈大笑。这种爱开玩笑的性格,是他受人喜爱的主要原因。

不过,事后回想起来,此时的辽太或许是想用开朗的举止来驱散笼罩在家庭中的阴霾。在公审的意见陈述中,雅子的话就表明了这一点。下面是雅子回忆辽太的部分内容。

  辽太小学五年级时被选为副队长,当时我正因为丈夫和大女儿的事情烦恼不已,窝在家里不愿出门。

  因为孩子们一起打迷你篮球,我认识了其中一个孩子的妈妈,她生气地对我说,你儿子的篮球水平正在逐步提高,你应该好好看看。

  自此我就将精力集中到了儿子的迷你篮球上,从头到尾地看着他训练。多亏了儿子,我才能重新振作起来。

43次杀意

"妈妈，妈妈，投进了几个球啊？"

为了让我高兴，儿子总是很努力，他一直都是那个让我引以为傲的儿子。

他在隐岐大赛中夺得了冠军，还参加了县级大赛。我最喜欢的是他和冠军奖杯一起拍的那张照片。

（※着重号为作者添加）

在西之岛时，辽太曾表示想要成为整形外科医生。也许是因为他在迷你篮球的训练过程中受了伤，得以近距离接触到了整形外科吧。后来，他又对母亲说："等我长大了，给你买栋房子！"

父母分居后，辽太看到母亲有时候去领取生活补助，有时候还要兼顾打零工和做家务，过得非常辛苦，他这么说估计是想让如此劳累的母亲尽量活得轻松一点吧。

但是，西之岛那田园牧歌般的生活，又将因为父母的缘故强行拉下帷幕。

川崎

2013年5月的小长假结束之后，岛上的群山都被春天的花染成了五颜六色。在港口的商店和旅馆的周围，能看到稀稀落落的游客。在海上泛舟垂钓的人也多了起来。这个季节经常能钓到加吉鱼和条石鲷。

那天早上，善明下班回到家，和往常一样在睡前享受独酌的乐趣。和冬天相比，春天的海上工作格外轻松，就连工作结束后的酒味也显得更加香醇。

就在这个时候，有人来敲门了。善明打开门一看，发现大女儿小舞站在门口。

"你怎么了？今天不是上学的日子吗？"

那年春天，小舞应该上小学五年级了。她用柔弱的语调回答道："我不想去上学……"

声音有些消沉。

"为什么啊？发生什么事了吗？"

"学校里有人欺负我，所以不想去。"

善明还是第一次听说这件事。

"你跟学校老师说了吗？"

"……"

"也没跟妈妈说吗？你为什么不去找妈妈，却来我这儿了？"

"……"

善明有些为难。他觉得既然小舞不愿意上学，就没必要勉强她去。不过，能让她待在自己这里吗？

善明先让小舞进屋，然后联系了雅子和学校，说明了情况。他传达了小舞的想法，又和他们商议了今后的对策。既然是小舞本人的意愿，雅子和校方都同意让她住在善明家里，直到她想去学校为止。

小舞在善明家生活的时间拖延了一天又一天。虽然中途开始去上学了，但是因为她说不想回家，所以继续留在了善明家。

善明决定默默等待，直到小舞改变心意。他担心的是自己出去上班期间小舞的安全问题。虽说岛上的治安很好，但是深更半夜将小舞一个人留在家里还是有些不放心。于是，善明给她买了一部手机，以便她一有什么事就马上联系自己。

和小舞一起生活的日子一转眼就过去了很久。他有好几次轻声地问道："你不回家没关系吗？"但是小舞都不肯点头。恐怕是因为她和雅子的关系不太好吧。小舞不是那种很圆滑的性格，临近青春期，她和母亲的矛盾是不是越来越多了呢？善明虽然这样想，却不敢去触碰这个敏感的话题。

就在这个时候，善明听说雅子打算搬到川崎去了。学校的教师和政府的福利事务所的负责人联系了善明，邀他一起讨论小舞今后的去处。当时他们告诉善明："小舞好像要离开这里了，听她妈妈说这一学期结束后就回川崎的娘家。"

善明一时难以置信。难道说雅子要带着孩子们回川崎吗？

谈话结束后，善明在家里向小舞询问了这件事。

小舞回答说："嗯，有这么一说。"

"那你是怎么想的？"

"我不想走，我想留在岛上。"

善明感觉自己明白了小舞不想回家的原因。

"虽说你不想走……那其他孩子怎么说的？"

"辽太好像也不想走，他说想留在岛上。"

善明想到了一些事。大约从今年冬天开始，辽太就经常来家里。和朋友玩耍的间隙，或者放学回家的时候，等等，都会突然出现在他面前，问他"我肚子饿了，有没有吃的？"诸如此类的问题。说不定那时候雅子就已经提起过回川崎的话题了。

那天善明没有轻易下结论，他花了几天时间思考搬到川崎的好处和坏处。孩子们离开岛上，自己会感到寂寞，但是考虑到他们的将来，或许也是没办法的事。

孩子们接下来将升入中学，决定今后的去向。如果留在岛上的话，就只有两个选择，要么搭乘渡轮去旁边的岛上读高中，要么去本州岛的高中住宿舍。考虑到今后还要考大学和就业，趁现在搬到大城市，扩大选择范围也是一样的吧。

后来，善明把自己的想法告诉了孩子们。

"我理解你们想留在岛上的心情，但是待在岛上将来也只能当个渔民。既然这样，去川崎的话将来的选择应该会更多。川崎那边还有外公外婆，有什么事也可以找他们商量。"

不知道这番话在多大程度上影响了孩子们。不过，如果连父亲都劝他们去川崎的话，估计孩子们也就无话可说了吧。

"明白了，我们会去川崎的。"

听到孩子们的回答，善明松了一口气。

出发时已经是7月底了。那天港口灼热的空气中弥漫着大海的香气。海鸟和蝉的鸣叫声响彻四方，孩子们的同学和岛上的大人共约70人聚集在轮渡码头上为这一家人送行。其中也有和辽太一起打迷你篮球的伙伴们，他们大声地为辽太唱起了小学的校歌。

港口挂着大家共同制作的巨大横幅，上面印着"辽太加油"。海风吹拂，横幅随风飘扬。来送行的人们纷纷送上了祝福，辽太强忍着眼泪，哽咽难言。

很快，开船的广播声响起，发动机发出了轰鸣，渡轮缓缓出发了。码头上众人依依不舍地喊道"保重呀！""常联系啊！"，人们掷出的七色彩带宛如彩虹般在港口和渡轮之间伸展。

有人开始高声喊"加油（hurray）！加油！"，周围的人也纷纷跟着他的节奏大喊"加油！加油！"。他们是在为辽太即将在川崎开始新生活加油助威。辽太声嘶力竭地回应道："谢谢！我走了！大家保重呀！"

岛上的人们的喊声一直在辽太耳边回荡着，他站在甲板上拼

43次杀意

命地挥手，直到他的身影消失在人们的视野中。

一家人抵达川崎后，先寄居在了雅子的娘家。估计在雅子的父母看来，独生女儿成了单亲妈妈，还带着5个外孙，理应欢迎她回家。

虽说房子在住宅区，但是附近矗立着数不清的巨型工厂和仓库。产业大道和首都高速公路近在眼前，不分昼夜都有车流穿梭。一到休息日，电车里就挤满了去自行车赛场和赛马场的游客。在孩子们眼里，和西之岛相比，可能这个城市就像是一座巨大的要塞。

辽太和小舞无法适应这种都市的喧嚣生活，哪怕只是在暑假期间，他们也渴望回到岛上。于是雅子拜托善明，希望孩子们能回西之岛住一阵子，尽管搬家后过了还不到两周时间。两人约好了让孩子们在岛上住到8月底，盂兰盆节时善明带着他们一起到米子市旅行了。

第二学期开始后，辽太开始在川崎市内的公立D小学就读。刚搬到川崎时，辽太不大习惯这里，不过他是那种自来熟的性格，没用多久便融入到同学们的圈子里去了。转学第一天，同学们正在玩躲避球，他走进场地，打招呼道："可以让我加入吗？"

同学们毫不犹豫地同意了。打那以后，辽太和他们的关系便近了，在课间休息和放学后经常一起玩耍。

小学的同学们给辽太取了个绰号，亲昵地称他为"上辽（上村辽太的简称）"。由于他运动全能，再加上性格开朗，在班上自然格外引人注目，即使在人堆里也很显眼。女孩子们很快也跟着叫他"上辽"这个绰号了。

虽然辽太在新小学的生活顺利地拉开了帷幕，可雅子在娘家的生活似乎不太顺利。据善明所言，好像存在经济方面的问题。雅子来到川崎后虽然已经开始打零工，但是估计单靠微薄的收入难以抚养5个孩子。孩子的外祖父也退休了，手头并不宽裕。

有一天，善明接到了一个电话。是用小舞的手机拨打的，不过里面传出了雅子的声音。是来找他要钱的。

"非常抱歉，能不能借给我一点钱？马上就还你。"

可能是因为她搬到川崎后没办法领取生活补助了。如果她的日子过得穷困潦倒，受苦的还是孩子们。考虑到这一点，善明便依言给她寄了10万日元。

雅子迟迟不肯归还借的那10万日元。不仅如此，她又联系善明说："如果你以后还想见孩子的话，就得付抚养费。本来我们就说好了你要付抚养费不是吗？"

善明确实承诺过会支付抚养费，于是他回答说"可以啊"，定于每月20日转账。

或许只有他们自己才清楚在川崎的生活是什么状态。不过，据认识辽太的人说，从他的言行中似乎不难窥见他的家庭存在问题。例如，据住在他家附近的同龄女孩称，辽太有好几次在吃晚饭的时间去她家玩，留在她家吃了饭才走。据说辽太曾经这样说过："如果我吃晚饭前还没回家，饭菜就会被大家吃光。"

女孩听了这话，觉得自己也不便追问他的家庭事务。

虽然在学校里交了朋友，有人一起玩耍，辽太和小舞似乎仍然对西之岛的生活恋恋不舍。小舞经常用手机给善明发短信，说"我想去岛上玩""可以去那边找你吗？"。

善明回忆道：

"小舞和我提过，不光暑假，寒假也想回岛上。可是正月的岛上什么也没有，渡轮冬天出航的时间也不固定。于是我对她说'爸爸去那边看你'，后来我就动身去川崎了。

"在那边大概待了一个星期吧，就住在川崎的酒店。辽太和小舞来找我玩，我就带他们去了八景岛海洋乐园。就是那个寒假给辽太买的手机。

"之前辽太就老是央求我给他买部手机，大概是因为小舞离家出走的时候我给她买了手机，却没给当哥哥的买。我也明白辽太心里有些不满，所以就给他买了一部。除了买手机的钱，话费也是我负担的。之前辽太都是借小舞的手机跟我联系，不过从那以后就用自己的手机联系我了。"

寒假结束后，第三学期开始了，辽太和小舞把对西之岛的思念藏在心里，回到了他们的同学中间。搬家之后已经过了半年，辽太交到了很多朋友。

住在他家附近的山中俊之介（化名，案发当时70岁）表示：

"我第一次见到辽太时，他还是小学生。当时我在大师公园，看到几个小学男生聚在一起戏弄我孙子。因为里面有眼熟的小孩，我马上就明白他们是同一个学校的，于是我上前教训了他们几句，当时辽太就在他们当中。

"我没见过辽太，所以就对他说'你这孩子我还是第一次见'，辽太便说他来自西之岛。当时我不假思索地问他为什么特地来川崎这脏乱的城市，他爽朗地嘿嘿一笑。我嘱咐那群男孩子'不要约辽太干坏事，大家要一起保护他'。"

辽太在小学里属于活泼好动的男生群体中的一员，但绝对不是欺负别人的孩子。特别是当朋友遇到麻烦时，他总是感同身受，挺身而出，热诚相助。

曾经发生过这样一件小事。那是一个寒冷的冬天，在小学里和他关系不错的一个男孩和父母吵架后离家出走了。辽太得知此事后，便对他说："我们可是铁哥们啊，我会陪你的！"然后他也跟到了大师公园，在滴水成冰的夜里，两人钻到滑梯下，一起依偎着到天亮。

这件事被很多人津津乐道，他们认为辽太很善良。

可能辽太确实是一个善解人意的孩子。然而，此事是否应该当做一段佳话呢？我还存在一些疑问。一个小学六年级的男孩，虽说是因为同情朋友，但隆冬在公园过夜，彻夜不归家，也是一件不寻常的事。

辽太之所以如此同情朋友，陪在他身边，也许是因为他自己也有着同样的寂寞吧。为什么他的母亲和家人不去寻找他，把他领回家呢？

或许我这样说等于戳穿了事情的真相，我总觉得他们俩在寒风呼啸的公园中瑟瑟发抖的样子，像极了被原生家庭伤害的孩子在互相舔舐伤口。

小学毕业的准备工作正有条不紊地进行着。在当时制作的毕业文集中，辽太写下的不是在川崎生活的半年里发生的事，而是很多关于西之岛的回忆。

《关于西之岛小学的回忆》

我是在六年级第二学期转到D小学的。西之岛位于岛根县北部，是日本海上的一座小岛。

在西之岛小学，放学后我和朋友们三五成群地去洗海水浴。那里的海水比川崎的海更加蔚蓝清澈，非常漂亮。水里还能看到游动的竹荚鱼和章红鱼。

　　学校提供的午餐偶尔会有岛上的特产——烤鱿鱼，现在想起来也很怀念。

可能当时辽太的心还牵挂着西之岛那壮观的自然风光吧。

而川崎的海，连海水的气味儿也闻不到，都被林立的仓库与工厂挡住了。辽太见识过西之岛的大海，对他来说，川崎这个城市也许只是一个令人窒息的地方，就像一座冷冰冰的钢铁要塞。

话虽如此，马上就要临近毕业典礼了，辽太心里应该也明白，今后只能在川崎生活下去了。同样是在毕业文集中，他写下了对中学生活的展望。

《上初中以后》

　　等我上了初中以后，我想积极参加社团活动。最好是能加入篮球部。除了中锋以外，我都有信心做好，因此无论在哪个位置，我都会努力成为王牌。

　　学习方面我并不偏科，不过我打算在国语和算术上多下些功夫，学好汉字和计算。

　　游学是初中生活的一大乐趣。如果能去的话，我想去奈良。我想在奈良的公园里喂小鹿仙贝，自己也想尝尝是什么味道的。

在西之岛打迷你篮球的日子，对辽太来说是一段快乐的回忆。每次比赛，母亲都会带着盒饭来观看，并大声为他加油。可能辽太在想，若是在初中加入篮球部，或许又能回到那段令他怀念的时光。

初中时光

升入市立 D 中学后，辽太决定加入篮球部。他在中学里很快便和周围的同学打成了一片。因为他性格平易近人，学长们也亲切地叫他"卡米松"。

刚入学的时候，辽太很喜欢打篮球，经常去参加社团的篮球训练。因为他跑得快，又有经验，所以得到了同学们的认可。

然而，半个学期过后，辽太的兴趣从篮球转到了夜晚的城市上。社团活动结束后，他没有直接回家，而是和同学以及学长们聚集在公园或便利店前，直到深夜。

山中的孙子和辽太是同学，他说："我一直很担心辽太。读小学时和他关系好的那群小伙伴中，只有他一人去了 D 中学，其他人都去了附近的 M 中学。所以他上了初中以后又变成孤家寡人了。我不太清楚他上中学后的情况，不过我觉得可能没有能够守护他的同龄人。"

不好的预感应验了。他在学长的邀约下开始出入游戏厅，一下子扩大了自己的交友圈。篮球部的学长中村等人把比辽太年龄大的一群人介绍给他认识。而辽太在和这些年长的人交往的过程中，逐渐开始参与违法行为。

比嘉说："卡米松经常和各种高年级的人群混在一起，据我所知，第二学期遇见他时，他好像已经在偷香火钱了。

"卡米松平时经常抽烟。他抽的是焦油量为 10 毫克的梅比乌斯。一开始抽的是黑冰爆珠（万宝路），没钱的日子就偷他母亲的万宝路绿薄荷来抽，不过基本上都是梅比乌斯。他经常用撒娇的语气对我说'学长，给我买盒烟呗'。他说他妈妈让他戒烟，所以他家长应该知道他抽烟的事。"

为什么辽太会对曾经喜欢的篮球失去热情，而选择和那些学长一起夜间游荡呢？估计背后的原因是家庭面临的问题。

实际上，辽太的家庭环境和刚搬来时相比发生了很大的变化。

雅子来川崎后一年左右就从娘家搬走了，新居位于D中学旁边，是3室2厅的公寓房。虽说每月有5万日元的抚养费入账，但从房产中介的网站上看，房租要花12万到13万日元。雅子为了抚养5个孩子，白天和晚上要分别干不同的钟点工。

听辽太的朋友们说，即使去他家的公寓玩，他母亲也基本上不在家。那些年幼的孩子，似乎由大儿子新太郎负责照顾。

另外，搬进公寓后不久，雅子就和她的男朋友羽田春次郎（化名）同居了。前一段时间雅子打双份工时，他们好像就开始交往了。

关于这件事，善明回忆道："雅子有新男友这件事，我是从小舞那里听说的。和我见面时，她说妹妹跟着妈妈的男朋友出去玩了。我没有问具体情况，不过心里已经明白她妈妈有了男人。辽太从来没有对我提起过那个男人的事。

"可能也是因为这件事吧，那年暑假小舞在西之岛待了整整一个月。也许她是不想待在川崎吧。辽太说因为有篮球部的训练所以来不了，不过现在想来，我估计他当时就开始和那帮学长混在一起，不再去参加训练了……

"到了8月底，小舞就回川崎了。我把她送到米子机场，临别时对她说'到了告诉我一声'。结果那天小舞给我发来短信说'（回到川崎一看）住处变了'。看来她妈妈搬家时没有告诉她。"

春次郎搬进了这个新家。两个青春期的男孩加上三个弟弟妹妹，再加上母亲和她的男朋友，孩子们对总共 7 个人在一起生活会有什么感受呢？

在公审中，雅子表示辽太会穿春次郎的衣服，说明"辽太也接受他了"。辽太没有明显露出厌恶的表情，或许这是事实。不过，一个十几岁的男孩，和母亲带来的陌生男人住在一起，果真会发自内心地高兴吗？

第二学期开始后，辽太完全不去参加篮球部的训练了。有几个朋友邀请他参加社团活动，都被他含糊其辞地拒绝了。放学后，他越来越喜欢泡在公园或游戏厅里。那群学长总会在那里等着他。

辽太似乎颇享受这样的生活。他把短发留长了，也开始积极地和女孩子搭讪交往起来。

黑泽说："卡米松特受女孩子欢迎呢。因为他长得很可爱，让你一见就会觉得难怪有那么多人喜欢他。他本人貌似也清楚这一点，曾炫耀说'只要我去表白，对方一定会答应'。据我所知，他大概和 4 个人交往过，总之很受欢迎，令人感到惊叹。我觉得后来虎男开始对他发火也是因为这个事嫉妒他吧。"

但是，那些老实认真的女生反倒悄悄议论说"他变得浅薄轻浮了"。

自从流连于游戏厅后，辽太回家的时间一天比一天晚了。也许是因为母亲工作到很晚，他才很少被严厉地责备。到了秋天，有时他还会在外面过夜。

听辽太的朋友说，他不回家的时候，好像是这样度过的：

一天晚上，中村和家里发生了矛盾，说今晚不回去了。其他学长们附和说"那我也陪你",于是辽太也跟着他们说"我也和你们一起"。

一群人便决定通宵,但他们身上没有钱。于是他们就去了大森,偷了香火钱拿到了现金。其实他们事先就在川崎、横滨、大森一带的寺庙和神社物色过,已经摸清了哪些地方容易下手。他们用偷来的钱去漫画咖啡店消遣,一直待到天亮。

前文已经提到过辽太不在家里吃晚饭,而是在朋友家吃的事了,后来夜晚在外游荡已成为常态,他这一点也变得越来越明显了。辽太有一位学长,不仅让他在家里吃晚饭,就连休息日弄烧烤也会带上他。

另外,《神奈川报》上还刊登过这样一件趣事。

这段时间正值暑假,上村(辽太)同学开始经常出现在离学校大约有一公里远的大师公园里。据说他喜欢和不同年级、不同学校的人一起打篮球。公园里有一位60多岁的女性负责帮助流浪汉。上村同学感到腹中饥饿,就问道:"阿姨,有饭团吗?"那位阿姨曾多次请他吃饭团,说"他长得又小又可爱,是个很老实的孩子"。她总是用对待自己的孩子或孙子那样温暖的目光注视着他,但是自去年秋天以后就再也没有在公园见过他了。

(《神奈川报》2015年2月27日)

也就是说,他甚至去救济流浪汉的地方领过饭团。他明明有家人,为什么不惜做到这一步也要在外面混呢?

以下是黑泽的原话:

"不是有很多臭狗屎一般的家庭吗?相比之下,我觉得卡米松家还算好的,并没有虐待或家暴。我去过他家的公寓,兄弟姊妹很多，很热闹。他哥哥很严厉，辽太说他不做作业的话哥哥就会骂他。兄弟关系还算不错吧。

"不过，家里有那么多孩子，可能就没有他的独立空间了。估计他没有自己的房间，还要照顾小孩子，他妈妈的男朋友也住在一起啊。那他肯定不想待在家里啦。和我们结伴在外面玩到深夜，可能就是因为这个吧。

"我们都很喜欢卡米松。经常和他一起玩的那群人要么在读定时制高中，要么就是高中退学的打工仔。他们发火打架的时候真的很可怕，不过平时都很温柔。卡米松年龄小，所以我们都很照顾他，给他买烟什么的。在这些方面他比较占便宜。所以可能比起待在家里，和我们在一起更让他感到自在吧。"

那些少年在家里失去了容身之处，在夜晚的城市里流浪，组成了类似家庭的小集体，辽太在里面大概就像最小的孩子一样受到了大家的宠爱吧。

第二学期就这样结束了，进入寒假之后，辽太结识了虎男。

2014年12月末，善明时隔一年再次在川崎逗留。

这一年的年末，他也收到了小舞的信息，说"想在寒假期间去岛上玩"。于是善明和上一年一样，决定去川崎看她。他打算在那边待6天，从12月28日到1月2日。

29日那天，善明上午在川崎和小舞见面之后给她买了一部新手机，然后加上辽太，三人一起去了电影院。辽太一开始央求说"想去游乐园"，但是因为时间不够，所以最后决定去看电影。他们去了川崎DICE购物中心里面的电影院，辽太发现了电影《寄生兽》的海报。

"看这部吧！"

善明答应了辽太的请求，三人一起进了电影院。

看完之后，辽太非常喜欢这部电影，反复说很有意思，还说想看4月即将上映的续集。善明答应说："好的，那就看吧。"

出了影院，善明给辽太买了一双运动鞋。辽太的喜悦之情溢于言表。但是仅仅过了一个半月，这双运动鞋就被虎男等人烧掉了，只在女厕所里找到了鞋底的一部分。

第二天，也就是30日，是善明44岁的生日，他本来打算带着孩子们去见老朋友，一起庆祝生日。然而，到了早上小舞突然打来电话说："今天不能出去玩了。"

"为什么？"

"妈妈说不行……"

雅子有时会感情用事，用强制性的语气跟孩子们说话。善明心想这次一定也是这样，就放弃了原计划，决定只和朋友两个人一起过生日。

再次见到孩子们，是在新年的1月1日。他们前一天联系过，约好了在川崎大师站见面。车站前挤满了新年初次去参拜的乘客，善明满心期待地等着见到他们俩，但只有小舞一个人来了。

"诶？辽太怎么没来？"

小舞支支吾吾地不肯回答。于是善明就给辽太打了个电话，问他今天有什么安排。而辽太只是简短地回答道："今天我就不去了……"

他不肯说具体原因。善明也拿他没办法，于是决定和小舞单独去吃饭。

不知道为什么，那天小舞显得有些无精打采，话很少，脸色也不太好看。在餐厅吃午饭时，她突然开始说"身体不舒服"。善明有些担心，就让她提早回家了。

第二天（2日），善明见了辽太最后一面。前一天傍晚，善明让小舞回家后，就收到了辽太发来的短信，内容只是简单的一句"明天见面吧"。由于善明必须下午离开川崎回西之岛，所以两人决定在京急川崎站前碰头，一起吃午饭。

两人去了位于川崎 DICE 购物中心里的一家回转寿司店（现在已关闭）。上一年过年时善明曾带辽太来这里吃饭，当时他连连赞叹说"真好吃！太好吃了！"，所以这次又带他来了。这家店是金枪鱼批发商开的。

寿司盘转到辽太面前，他一次又一次地伸手拿下来，吃了不少用金枪鱼、三文鱼等做的寿司。善明看着这幅场景，想起来辽太以前就爱吃鱼。在辽太小的时候，善明把打鱼时捕获的乌贼、竹荚鱼给他吃，当时他总是笑容满面，吃得津津有味。善明记得小鲫鱼好像是辽太的最爱。

善明说："对了，辽太，我听说你抽烟被发现了，挨骂了是吧？"

"啊？谁说的？"

"是小舞告诉我的。"

"小舞这个丫头！"

"你小子适可而止吧。就连我一年前都戒烟了，你也戒了吧。"

"嗯。"

善明并没有生气，而是温柔地看着儿子，他只是觉得，毕竟是男孩子，稍微调皮点也是难免的。

吃完饭之后，马上就该回去了。临别之际，辽太说："爸，下次放假我想去岛上找你。"

半年前的夏天他没有去，估计心里有些后悔。善明点头回答道："可以啊，等你定下来日期就提前联系我，我给你买票。"

"谢谢。"

"你小子别老犯浑就行。"

两人这样约定后就分开了。

善明回忆道："最后一次见面时，辽太并没有说他不去篮球部训练或者在和虎男等人一起玩之类的话。我还以为他在正常上学呢。

"有一件我感到奇怪的事，在川崎分别后的第二天，辽太联系了我，说想要小舞的邮箱地址。我心想他们两个应该关系挺好的，怎么会不知道邮箱呢。

"看到新闻报道我才知道，从第三学期开始辽太就完全不去学校了。直到案件发生之前，他一次都没去上学。当时我根本没有想到他已经处于那种状态。要是他多少表露出一些迹象的话，我应该能为他做些什么吧……我没能注意到他的异常，真的好后悔啊。"

对于善明来说，1月2日在车站前的挥手告别，成了他与辽太今生的最后一面。

D中学的新学期从1月8日开始。当天排队参加开学典礼的学生中，却没有辽太的身影。从那一天开始，他不仅不再参加社团活动，也不再去上学了。

辽太和虎男认识了一周以后，就开始和他在一起混到很晚。两天后，也就是1月10日，辽太又认识了另一个加害他的少年——阿刚。他自己也没有意识到，就像一只断线的风筝，开始在夜晚的街头流浪。

辽太开始不去学校后，雅子似乎曾多次催促他去上学。在法庭上陈述意见时，雅子解释说："从放暑假的时候开始，辽太就经常不回家了。我有时候要上早班，有时候晚上加班，很难和他碰面。有一次，他晚上没有回家，给他打电话也不接，我正想着要拜托警察帮忙找，结果他就回家了。

"后来，春次郎和我、辽太，再加上新太郎，4个人坐在一起聊过一次。我们告诉他为什么一定要去上学。我们跟他约好了，就算不去学校也可以，但必须在门禁时间之前回家吃晚饭。

"他老是不肯去学校，我就对他说，'现在不去上学的话，以后更难迈进去'。他回答说他知道。没过几天就发生了日吉事件。"

虽然雅子说一开始就对辽太讲了应该去上学的道理，但是那些话辽太听进去了多少呢？正如辽太的那帮朋友说的那样，他不去上学可能是因为觉得在家里待着不自在，在外面和学长们结伴玩耍的过程中，逐渐被他们吸引过去了。

对于辽太不来上学这件事，D中学的班主任老师感到很担心。班主任是一位女老师，她咨询了周围其他老师的意见，同时尝试着联系辽太见面。她给雅子打了很多次电话，表示作为班主任想和辽太见面好好聊一聊。根据教育委员会的调查结果，在案件发生之前的一个多月时间里，这位女老师一共给辽太家打了33通电话，也进行了5次家访。

然而，雅子并没有响应班主任老师的期望。她在电话里说"在（辽太）主动去上学之前先观察情况"或者"我没见到（辽太），你问我，我也很为难"，回绝了老师的请求。

家长的应对方法和学校方面的处理方式都存在不足之处。辽太家的公寓就建在学校隔壁。从雅子的立场来看，虽说她忙于打零工，但是应该也可以更多地寻求学校的帮助。而学校方面本该做出更多的努力，比如安排级部主任和篮球部的顾问等人去家访，或者在公寓门口等辽太回来。

白天的时候，辽太在公寓里应该能听到学校里传来的同学们的声音和上课的铃声吧。当他独自一人听到这些声音时，又会是怎样的心情呢？

就是在这样的背景下，1月16日深夜发生了日吉事件。当天晚上，雅子下班回到家里，发现辽太过了晚饭时间也没回来。雅子给辽太的手机发消息问他在做什么，结果他爱理不理地回复说"在和朋友一起玩"。雅子又给他发了这样一条消息："你早点回来，妈妈要睡了。"

雅子没有等辽太回家，晚上9点就上床睡觉了。

第二天一早，雅子就出门工作了。晚上回来时，她发现辽太竟然把自己关在房间里没有出门。雅子喊了他一声，结果他戴着口罩走了出来。他的左眼有一块淤青。雅子吓了一跳，让他把口罩摘下来，发现他的整张脸都肿胀得不对称了。

雅子问："你这是怎么了？！"

辽太嘴里有伤，似乎说话有困难。在母亲的再三追问下，他吞吞吐吐地回答道：

"昨天晚上，学长们喝醉了，打起架来。我去劝架，结果就被打了。"

如果说出真相，有可能反而遭到虎男的怨恨。所以辽太想要撒个谎搪塞过去。

雅子提议说要带他去医院看看，他却拒绝了，他说"眼睛能看见，冰敷一下就可以了"。雅子见他这么说，心想可能是孩子们之间发生了一些事，不想让大人知道，就没再勉强他。她又拍下了儿子肿胀的面部照片，决定暂时静观其变。

2月16日，也就是发生杀人事件的前夕，班主任老师坚持不懈的努力终于有了成果。由于多次请求雅子却见不到辽太，她就找在校的学生们多方打听，问他们要来了辽太的手机号码。她试着拨打了一下，结果很幸运，辽太本人接听了电话。

女老师说："马上就要考试了，如果可以的话，你能来学校吗？"

辽太回答说："我也想着差不多该去了……"

也许他是因为感到现在和学长们的关系变得紧张起来了，想从这种状态里抽身出来，才这么说的吧。

但是，辽太并没有在学校现身，而且4天后他就遇害了。

2月19日，也就是案发前一天。那天傍晚，辽太正在当地的朗玩体育场川崎大师店里打游戏。他和初中的学长聚集在这里，一共5个人。后来他们又去了川崎站附近的"川崎More's"里的游戏厅。时间是晚上8点左右，正好是虎男和阿刚在星哉家的公寓里开始喝乌龙茶兑烧酒的时候。

到了晚上9点多，辽太和学长们分别后回到了自己家里。他看到工作了一天的母亲正坐在客厅里。他吃了晚上的剩饭，可能是没吃饱吧，便对雅子说："妈，我饿了，吃片面包哈。"

雅子说："那你给我也烤一片吧。"

辽太答应着"嗯"，就把面包塞进了吐司机。烤好之后，他问道："妈，你要果酱是吧？"说着在面包上抹了一层厚厚的甜果酱，递给了雅子。

雅子吃完面包后坐在那里休息，对辽太说"妈妈一会儿就要睡了哈"。过了一会儿，辽太拿起手机开始穿连帽卫衣。雅子感到很惊讶，因为她原以为辽太会直接回房间睡觉。

"怎么了？都这么晚了你还要出门吗？"

辽太没说话。

"你以为我不发火就可以为所欲为吗？你不要太过分！"

估计当时辽太已经通过 LINE 和阿刚约好了在茑屋碰头，所以他并没有回应母亲的话。他穿好连帽卫衣，在门厅那里换上运动鞋，然后就出门了。

大约 2 小时后他就遇害了。

第三章　逮捕

发现遗体

多摩川水声潺潺，辽太的遗体在岸边被发现时，已是早晨6点多，行凶结束后过了4个小时。

那天早上，天色尚暗，一名70岁左右的女性带着照相机，沿着河堤上的草地走了过来。她的兴趣爱好是拍照，那天去河边也是为了拍朝霞。在天色大亮之前，寒风刺骨，吹得人几乎缩成一团。

她从河堤向下望去，看到草地上横卧着一个疑似人偶的东西。她心想那是什么呢？走近一看，发现一个全身赤裸的男孩子倒在地上，蜷缩成了一个近似直角尺的形状。他的脖子周围被锋利的刀具划得伤痕累累，浑身上下都被血和土染成了红黑色。

——人已经死了。

女人感到脊背一阵发冷。

碰巧当时一名男性从河堤经过。女人把他叫住，对他说明了情况。男人也意识到此事干系重大，当即拨打110报警。

没过多久，几辆闪着红色警灯的巡逻车呼啸而至。身穿制服的警官把案发现场围了起来，禁止无关人员进入。少年被运往位于川崎市内的圣玛丽安娜医科大学医院。

到达大学医院后，医生很快就确认了少年已经死亡，开始进行司法解剖。他们仔细查验了死者全身的伤口和跌打痕迹，诊断死因为"出血性休克"。颈部左侧的伤口最深，流出了超过全身三分之一的血液。

神奈川县警察总署认定这是一起杀人弃尸事件，开始立案搜查。由于受害人是一名少年，他们向媒体公布消息时非常谨慎。

当天下午发布了关于事件的第一条消息。《读卖新闻》刊登了如下报道：

■多摩川河畔惊现一具赤裸的年轻男性尸体

20日早晨6点15分左右，在川崎市川崎区港町的多摩川河畔，一名经过此地的男性报警说"有人倒在地上"。

神奈川县警察总署的侦查员赶到现场后，发现一名十几岁的年轻男子倒在地上，已经死亡。

该男子身上一丝不挂，颈部右后方有外伤。

警察总署认为该男子可能陷入了一起犯罪事件，着手调查此事。

（《读卖新闻》晚报2015年2月20日）

在最初公布消息时，警方并没有详细披露受害人的年龄和伤势。据某位记者说，由于这个原因，他认为该事件不具备很强的话题性，只是在报道中照搬了警方公布的内容。因此第一条消息并没有被大肆报道。

大多数事件在刚发生和抓到犯人时被报道一下，然后就会被世人忘却。然而，后来众多记者涌向川崎，连续多日进行了大规模的报道，该事件作为未成年人引发的凄惨的凶杀案，成为近年来少见的大新闻，令全国上下一片哗然。

过度报道也引发了新的问题。网上流出了疑似凶手的少年的面部照片等个人信息。网民们根据这些信息在社交网站上呼吁搜寻嫌犯，随心所欲地发布造谣中伤的帖子。简直就像在围观一场游戏。

不久后，人们的批判冲出了网络，冲向了凶手生活的家庭。人们凭借网上流出的住址，冲到凶手家门口骚扰，说一些歧视性的话。甚至有人在视频网站上直播凶手家里的情形。

与此同时，在凶杀现场的河滩上，出现了另外一种现象。数以千计的人从日本各地聚集而来，带着鲜花祭奠辽太的亡灵。不仅有人献花，甚至还有人在河边种植花草树木，市政府的职员不得不出面维持秩序。

经由网络无限扩散的信息，包含人种歧视的诽谤中伤。这些都给现实世界带来了影响。事件发生后出现的一系列现象造成了信息社会的阴暗面喷薄而出的状况。

辽太被杀害之后，才是这个事件的"终结的开端"。

徘徊

2月21日，川崎警察署设立了搜查总部，媒体才正式开始争相采访。

警方公布了受害人的姓名和年龄，各家媒体公司都活跃起来，纷纷把该事件当作头条新闻来报道。初一的少年浑身刀伤，被人乱刀砍死，单凭这一点就足以引发话题。不只是神奈川县内的当地记者，全国各地的记者蜂拥而至，在学校、河滩和公园等案发现场辗转采访。

一名全国性报纸的记者说："我一听说初一学生全身赤裸、被人杀害，就有预感会成为大新闻。我们报社也把机动记者都派往了川崎。一开始我们不清楚是过路歹徒随机杀人还是熟人作案，不过隐隐觉得有可能是未成年犯罪。

"我们的采访从学校及其周边开始，采访了辽太的同学。结

43次杀意

果陆陆续续打听到了很多消息，比如他很久没去上学，和一些行为不端的学长在一起鬼混之类的。尤其是辽太在日吉被虎男打得鼻青脸肿的消息产生了决定性的影响。当地的少年在接受采访时都主张日吉事件和凶杀案有一定的关联，这让我们越发坚定了凶手是未成年人的看法。"

其他媒体的记者也很早就得出了未成年犯罪的推论。

警方虽然有了怀疑对象，却不敢轻易将信息公之于众。22日早晨，警方将善明叫到川崎警察署，让他当面确认辽太的遗体时，也只是说"还不知道凶手是谁"，请他协助调查。

那天警察向善明拜托了两件事。

第一，到通信公司办理手续，公开辽太用手机和别人互发的信息。虽然尚未找到手机，但是通信公司那里存有相关数据。警方希望拿到那些数据，掌握凶手的线索。

第二，确认遗物。警方在伊势町第一公园的女厕所里找到了烧剩下的运动鞋的鞋底。如果能够确定这双运动鞋是辽太的，就可以通过公园周边的监控录像查到拿着鞋去公园的人，从而抓获嫌犯。刑警详细确认了善明购买运动鞋的地点及鞋子的颜色、尺码和原材料。

警署内的确认工作结束后，刑警给善明介绍了受害人援助室的负责人。所谓受害人援助室，是警署中的一个部门，主要负责向犯罪的受害人及其家人提供援助，如向他们讲解各种法律政策，帮助其行使应有的权利。如果是大型案件，该部门有时候也会给他们介绍代理人，帮助其应付媒体。

刑警还提议道："我想这次事件可能给您的精神状态带来很大的负担。如果您愿意的话，我们会给您介绍心理咨询师，您需要吗?"

善明摇了摇头。

"不用了。因为我不太相信心理辅导之类的东西。"

在西之岛和雅子离婚时,孩子们接受了心理辅导,在善明看来并没有什么变化,所以他认为临床心理医生不值得信任。而且他现在沉浸在愤怒的情绪中,觉得其他人怎么可能明白自己此刻的心情呢。

刑警没有再勉强他,开口说道:"好的。还有,今后随着搜查工作的进展,可能还会有一些需要向您确认的事项。如果您继续待在川崎的话,想请您来我们这边交流,可以吗?"

"那没问题。我打算在川崎待一段时间,所以有什么事的话,就打我的手机吧。"

既然已经确定辽太被人杀害了,他也没心情回西之岛继续工作。他决定留在川崎,想亲眼看看办案的进展。

此时善明也没有预料到,自己竟会在川崎待三周,每天忙于搜寻凶手。

善明自那天决定暂时留在川崎之后,除了宾馆之外,他开始了辗转于网吧和桑拿房的生活。他没有长期住在同一家宾馆,是为了尽量节约开支。

犯罪受害补助制度是为了降低案件受害人及其家人的精神和经济方面的损失,受害人参加制度则用于支援受害人参与审判,这些制度都很完善,但是办案期间的金钱援助制度还不完备,善明留在川崎期间的花费必须自己负担。因此,善明动用了存款,不只是支付住宿费,还需要添置一些衣物和生活必需品。

善明待在川崎期间，警察曾给他打过几次电话，要求他协助搜查工作。有时候在电话中稍微确认一下就可以解决，有时候则要去警察署，逗留相当长一段时间。不过，据善明观察，搜查工作似乎进展得不太顺利。

每次接到电话，他都会问：“请问知道凶手是谁了吗？”

刑警只是含糊其辞地回答说：“哎呀，还在调查呢。”

当警察拿到辽太的 LINE 聊天记录时，肯定就掌握了凶手的线索。然而，他们不能泄露搜查工作的进展情况，更何况凶手是未成年人。

善明说：“警察告诉我的信息从来不会比媒体报道的内容多。他们几乎对我隐瞒了所有搜查的进展状况。我只能通过电视或网上的新闻来了解案件的细节。当时我甚至不知道孩子是怎么被杀害的，所以哪怕是一篇很短的报道，我也会如饥似渴地盯着看。每当看到警方发表的意见，我就会想，为什么不告诉我，只告诉媒体呢？”

大众媒体的记者平时就和警察有交情，一旦发生了案件，就会"不分昼夜地采访"，经常在警察上下班途中截住他们，一点一点地打听消息，再将其汇总成报道。

这次媒体的做法也一样，时而向警方确认搜查工作的进展情况，时而拿着自行搜集的虎男的信息试探警方，不过警方那边几乎没有泄露任何关于嫌疑人的消息。没有得到警方的证实，很难在报道时把一个未成年人写成嫌疑犯。因此，大部分报道都是与辽太的成长经历和品行相关的内容。

出人意料的是，就在此时，网上传出了被视为凶手的少年的名字。那就是虎男。有人发表了虎男可能是凶手的帖子，这一消息瞬间在网上扩散开来。善明很快也留意到了。

"我一直在协助警方的搜查工作,但是并非一整天都待在警察署里。警方有时候找我,有时候不找。所以,我待在川崎基本上无事可做,满脑子都是辽太的事,感觉时间过得很慢,每天都很煎熬。

"于是我就泡在网吧里,不停地搜索与案件相关的消息。心想有没有发布新的消息?会不会出现凶手的相关信息?如果不为辽太做点什么,我感觉自己会疯掉。

"就在那时候,我在网上找到了一个帖子,说虎男可能是凶手。不知道是谁写的,大概意思是'这家伙就是凶手'。我有些吃惊,心想这不是找到凶手了吗。

"一开始信息有些错综复杂。有好几个人被指名道姓地当成了凶手,还附上了别人的面部照片。还有人扯出了与这次案件无关的私刑事件。我有些搞糊涂了,不知道该相信哪条信息。

"不过,那些信息对我来说意义重大。因为警方什么都不肯告诉我,媒体发布的消息也没什么用。在这种情况下,能够看到疑似凶手的真名和面部照片,让我感到了莫大的希望。"

虎男的名字在网上出现后不久,他的社交网站账号就被人搜出来了,以此为开端,他的照片和毕业学校等个人信息广泛流传开来了。有人制作了搜寻凶手的论坛,还有人把网上的信息汇总了之后发出来。

后来人们发现,案件发生后数天时间里扩散的信息存在重大谬误。某电视台负责采访的一名记者说:"网友一开始搜寻凶手时,把毫无瓜葛的案件牵扯进来了。在辽太同学被杀害的数小时之前,在与川崎市相邻的横滨市的一个公园里,另一群少年闹出了一场私刑事件。听说是几名十六七岁的少年把一名初二学生约到公园里,其中一个人在公园的厕所里对他施暴,把他打得昏迷不醒、生命垂危。这个事件和川崎的案件有好几个相似的点,例如都是年龄较大的少年对初中生施暴。

"后来,与横滨市的事件相关的人开始在网上骚动起来。因为施暴的几名少年在四处逃窜,有人就把他们的面部照片和名字上传到社交网站上,发帖说'这些家伙就是凶手,请帮忙找到他们'。也就是说,网上一开始搜寻的是横滨市那个事件的凶手。

"如果只是这样的话可能也没什么大不了的。但是,由于两个事件有些相似,网友就把横滨事件的案犯和川崎事件的案犯混为一谈了。而且,不知道为什么,川崎事件的凶手虎男的名字混杂在横滨事件的加害者名单中了。

"最初也有人说川崎事件的主犯是虎男,横滨事件的加害者是他的同伙。又过了几天之后,阿刚和星哉的名字也浮出了水面。从这个意义上看,可以说网友搜寻凶手是从将两个事件混为一谈开始的。"

和网上的搜寻凶手不同,在现场采访的媒体记者们很早就发现横滨事件和川崎事件是两码事,也把虎男和阿刚列为嫌疑人。接下来就是搜集团伙成员的证词,如果掌握了案发当日的不在场证明,应该就能确定凶手是谁。

然而,记者们此时又遇到了新的障碍。了解虎男的人大多都是不良少年,因此采访工作进行得不太顺利。正常的采访流程是,先跟案发现场及学校周边的少年们搭话,向他们打听消息,然后再让他们介绍别的朋友。记者们原本打算按照这种方式推进采访工作,然而那些不良少年却索要金钱作为接受采访的回报。

前文的那位记者说:"我在川崎采访期间遇到的那些孩子中间形成了一种不好的风气,那就是给钱才接受采访。如果你向他们打听消息,他们就会问给几万日元。如果你拒绝付钱,他们就会说那就去酒馆请我喝酒吧,或者现在去给我买包烟吧。毫无疑问,虎男和吉冈兄弟的小伙伴都是那种品行不好的家伙。

"每家报社的记者都很气愤,说他们是一群荒唐透顶的小鬼。当对案件的报道进行得如火如荼时,有的媒体不是使用了'川崎国'的说法吗?他们的意思是,川崎就像漫画《北斗神拳》里描绘的那样,是一个毫无秩序的城市,推测是一帮少年犯模仿"伊斯兰国"[①]的恐怖分子杀害了辽太。我觉得那些报道和记者们频频遭到当地小混混的戏弄不无关系。记者们谈论说'川崎是个很乱的地方',可能那些话都传到制片人的耳朵里了吧。"

世人普遍有一种误解,认为媒体采访时会支付酬金。然而,电视台和报社有一个共同的规定,原则上不可以为了采访支付酬金。因为一旦答应付钱,采访就变成了一种金钱游戏。

"虽然我们很想拿到新闻素材,可是我们属于电视台,绝对不能付钱。如果付钱或者请喝酒之后被其他媒体曝光了的话,就会在公司内外引发非议。

"在我们这些人当中,听说只有周刊付钱了。他们和我们(电视和报纸)不一样,如果金额不大,就可以支付。所以他们的采访有些领先我们的内容。"

在这个过程中,加上媒体采访的成果,网上搜寻凶手的信息也逐渐变得调查详细起来。

---

① 指极端恐怖组织 Islamic State (IS)。其前称为 Islemic State of Iraq and al shams (ISIS)。

43次杀意　　93

善明看着网上每天都在更新的凶手信息，慢慢地有些坐立不安了。为什么有人指名道姓地说虎男是凶手，警察却不把他带走调查呢？万一他逃走了怎么办？

——如果警察不肯出动，我就亲手找到凶手、掌握证据。

善明下定决心，决定跑出网吧自行找出凶手。

网上流传的虎男的长相和名字已经深深地印在了他的脑海中。虎男的容貌有东南亚混血的特征，所以一看到应该就能认出来。善明想抓到他，质问他是不是真的杀了辽太。

善明主要搜寻的场所是虎男家、当地小混混经常聚集的大师公园和商业街，以及神社等。他还多次经过虎男毕业的那所初中。到处都有媒体记者的身影，他们有的围在虎男家周围，有的在向附近的居民打探消息。

善明每次来到与案件相关的现场，内心都很痛苦。虎男毕业的初中就是善明的母校，辽太的遗物被烧掉的公园是善明小时候经常玩耍的地方。这片土地上充满了善明的快乐回忆，如今他年过四十，竟然因为儿子被杀而在这些地方徘徊，愤怒让他的身体颤抖不止……

整个城市笼罩在2月寒冷的空气中。善明嘴里呼着白气，在街上来回走了好几个小时，却没能找到虎男。这也难怪，因为虎男一直在家里闭门不出。

这段时间，善明的手机开始频繁收到朋友的联络。随着媒体对案件的报道，朋友意识到是善明家出事了，所以给他发来了短信。有的内容是确认"被杀害的真的是辽太吗"，还有一些鼓励的话语，如"精神上还挺得住吗""如果有我能帮上忙的地方尽管说"。

善明虽然心里明白朋友们是一片好意，但是每当收到短信，他就会感到很沮丧。在街上四处徘徊着搜寻凶手时，他总是处于义愤填膺的状态，但是当他收到朋友们宽慰的话语时，不得不直面自己的处境，一想到孩子被人杀害了，心头就会涌起一股悲惨的感觉。

善明没有余力理会周围人的担心，但是他也不知道自己想要的是什么，于是怀着一种"你们别管我了"的心情，别说接电话了，就连短信也懒得回复了。

最难熬的是晚上睡觉前的那段时间。独自一人待在宾馆或者网吧时，关于辽太的回忆都会化成一种深沉的悲伤，搅得他心乱如麻。他为了排遣心中的苦闷，每天晚上都用酒精麻醉自己。因为喝得酩酊大醉、人事不省，才是把案件驱赶到头脑角落里的唯一方法。

在这种状态下，他来到了多摩川的河滩上。他想到辽太被杀害的地方双手合十，为儿子祈祷冥福。一产生这个念头，他就钻过京急大师线铁路桥下面的隧道，赶赴现场。

他从味精工厂那里横穿过去，站在河堤上向下望去，映入眼帘的是出人意料的光景。草地上竟然供奉着几百束鲜花。周围弥漫着花香，除此之外，还摆放着很多点心之类的供品。

善明停住脚步，心中嘀咕道：太壮观了！

好几名媒体人士手持照相机或笔记本聚集在河滩上。由于前来献花的群众日益增多，媒体也赶来拍下这幅场景，采访他们对这个案件的看法。当善明驻足观望的时候，又新来了一批人，他们抱着硕大的花束沿着河堤走下去，来到了河滩上。

善明有些困惑。他看到这么多人来悼念儿子的亡灵，自然是心生感激。可是，对于大多数人来说，辽太只是一个素不相识的陌生人。为什么要如此大阵仗地祭奠他呢？

　　善明走下河堤，来到献花的人群前面。媒体人士虽然近在咫尺，却很少有人认出他就是辽太的父亲，即使有人打招呼，只要默默走过去就可以。善明假装自己是一个与案件无关的普通人，站在花束前轻轻地闭上眼睛，双手合十。

　　听着河水冷冽的潺潺声，他在心中发誓：辽太，你当时很痛苦吧。我一定会为你报仇的！

献花

　　案件发生后，河滩上供奉的献花足有上千束。另外还摆着照片、留言册、篮球等数不清的供品。一到周末，就会有数百人前来祭奠，再加上媒体人士，造访河滩的总人数肯定远远超过一万人了。

　　挤满河滩的鲜花大多是鲜艳的色彩，有红色、黄色和橙色。也许很多人的想法是，在如此寒冷的冬季，至少要用色彩明丽的花朵为辽太装点一下。由于怀念辽太的心情日益强烈，甚至有人运来樱花树，打算种在河堤上。

　　一名报社记者说："河滩上挤满了人，数都数不清。献花似乎成了一股热潮，这是我在其他地方没有见过的奇特景象。

　　"草丛里摆满了大量的鲜花，焚香散发的气味甚至飘到了河堤上。有人说鲜花的数量有几千束，也有人说有上万束。有的人献花时抽抽搭搭地哭泣，有的人静坐好几个小时不肯回去。还有宗教团体曾派来几个人唱赞美诗。"

　　"这让我想起了粉丝涌向著名音乐人自杀现场的场景。可是，这次在河滩上遇难的是一个普通的初中生。他为什么会得到那么多人的同情呢,我感到有些不可思议。"

媒体开始大规模报道这个案件之后,献花的群众接踵而至。在那之前,来河滩悼念辽太的大多是他在学校里认识的人。有在D小学读书时的同级同学、D中学的同班同学、篮球部的队友,还有在游戏厅一起玩的小伙伴们。

山中先生说:"一开始辽太的同学和学长们都来献花了。还有人制作了留言册放在这里。不过,他们好像也是没能在学校和朋友们好好地谈论过辽太的事。有时候他们静静地站在河边,慢慢地述说着关于辽太的回忆,仿佛希望有人倾听。可能是没办法把这个案件独自闷在心里吧。"

正如前文所述,山中先生本人在案发前就认识辽太。因为戏弄他孙子的一群小学生当中有辽太的身影,所以就交谈了几句,得知辽太是来自西之岛的转校生。

那之后过了一阵,他就把辽太忘在脑后了,这次案件发生后又想起来了。当时他孙子正在看电视,突然大喊一声:"是上辽!"在播放案件报道时,电视画面上清清楚楚地写着受害人的名字是"上村辽太"。他孙子脸色变得苍白,嘟哝道:"为什么?为什么呀?"山中先生看到孙子的表情,才意识到案件的受害人就是当初那个少年。

辽太的面容在脑子里挥之不去,山中先生决定去河滩悼念一下他。越过河堤后,他看到供奉的花束被风吹得满地乱跑,供品也开始变质了。

山中先生心想:怎么能让天堂里的辽太看到这幅场景呢?我要尽量把这里收拾得漂亮一点,尽可能地接近西之岛的风景。

他决定每天去河滩走一趟，义务清理一下，虽然并没有人要求他这样做。

他说："辽太的同学差不多都来过一次之后，全国各地陆陆续续开始有人来献花了。那些媒体人士拍下了在河滩上为辽太祈福的同学，又采访了他们，在新闻中播出了。大概观众看了之后就萌生了自己也要去献花的念头吧。

"一到休息日，来的人可多了。有时候一天甚至来上百人。据说还有来自九州和北海道的人。那么多人留下了鲜花和供品，要是没有人收拾一下的话就麻烦了。"

山中先生主要做的工作就是整理花束。他收集被风吹得散落在草丛中的鲜花，丢掉干枯的部分，只把那些新鲜的花汇集在一处。随着时间的流逝，人们供奉的点心和水果都开始腐烂变质，因此他还需要加以归类整理。

河滩上的景象焕然一新。花束被放在较远的地方，人们眼前摆的是供品。白色的篮球制服、写着"上村家"的塔形牌位、高达模型、地藏菩萨、风车、钓竿、点心……所有这些东西都饱含着人们对辽太的思念。

不久后有人拿来了香炉，山中先生就把它摆在正面，设置了一个烧香台。台子上放了一个简易笔记本和一支笔，方便前来祭奠的人留言，结果很快就有人写下了留言。

有人这样写道：

上村辽太同学

这是我第二次来这里。

你很痛苦吧？

我们不会忘记你的。

都是大人不好。

真的对不起。

还有人在离开之前把写有以下留言的纸装进了透明的文件夹里。

辽太同学　对不起
你应该感到又冷又痛又难受吧？
我们这些大人一点忙都没能帮上，
你那幼小的心灵一直在体谅父母、关心朋友，
我们却视而不见。
我们绝不会忘记你的。
请你再次回到那个令你开心的小岛，
在那里笑着生活吧。
这次一定要拥有不被任何人打扰的时光。
我们不会忘记你，永远不会。
对不起。

（作者注：直接引用原文）

由于电视新闻中播出了河滩上的这些景象，所以即使距离案发已经过去了数月，来河滩献花的群众依然络绎不绝。

而且，其中有人不只是在案发后紧接着就来上香，还申请加入负责清扫的志愿者团队，想帮一些忙。

竹内七惠（案发当时33岁）也是其中之一。她的胳膊和腿上都有文身，个子不高，长得比实际年龄显年轻。关于来河滩的原因，她这样说道：

"当初一听说这个案件，我就为辽太感到揪心。我也解释不清楚原因，不过总觉得不是和我毫无关系的事。后来有一个

43次杀意

周末，我正在和老公一起买东西，脑子里突然浮现出来辽太的事，眼泪就哗哗地流了下来。我变得有些坐立不安，就去了河滩上。

"之所以不觉得辽太的事和我无关，可能也是因为和我自身的成长经历有关吧。我小时候也和辽太一样，不去上学，走上了一条歪路。所以我非常理解他的那种痛苦和寂寞。对我来说，那并不是在遥远的地方发生的与自己无关的案件。"

竹内说她出生于东京都调布市的一个住宅区，那里绿树环绕，自然风光优美。有很多独门独户的老房子，居民之间的关系融洽，对孩子都很和善。竹内在那样的环境里度过了无忧无虑的童年时光。

然而，读完初一之后，她家搬到了位于八王子市的新城区，环境变得截然不同了。周围是鳞次栉比的高层公寓，同学们都有些神经过敏，稍微开个玩笑就会遭到周围人的嘲笑。也许在他们看来，竹内是一个性格有些古怪的人吧。转学后没过多久，她就遭到了大家的"无视"。

由于竹内无法融入社区和学校，感到寂寞无聊，就开始和隔壁学校的不良少年混在了一起。傍晚和聚集在便利店前的高年级同学会合，一直游逛到深夜，凌晨才回家。这种生活方式和辽太如出一辙。虽然她升入了高中，却只读了一个月就中途退学了。后来她沾染过盗窃、斗殴，还有嗑药等各种不良行为。

24岁那年重新进入高中学习，是她迷途知返的契机。当时她树立了成为手语翻译的梦想，考入了一所公立的职业学校，开始学习手语翻译。她28岁毕业，进入一家企业，成为一名翻译。与此同时，她也步入了婚姻的殿堂。之后又过了几年，发生了这起案件。

竹内继续说道：

"我之所以开始在河滩上做志愿者，是因为想陪在辽太身边。这场惨案夺走了辽太的生命，不过，正因为发生了这起案件，我才能了解辽太心中的痛。所以，我想尽可能地多陪在他身边。"

常来当志愿者的人大多住在神奈川县或东京都，其中也有人不顾路途遥远乘坐新干线过来。佐伯大朗（化名，案发当时31岁）便是其中之一。案发后，他从三重县伊势市赶过来，回顾当时的情景，他这样说道：

"我老家在爱知县。大学毕业后就职于一家企业，一直在位于伊势的分公司上班。好像是通过新闻了解到这个案件的吧。我立刻想到了受害人的家属。

"大约从十年前开始，我身边有不少因为事故或自杀去世的人，和他们的家属也打过很多交道。我亲眼见到了遗属的悲伤和痛苦。所以，当我得知这个案件时，根据自己的经历，我明白辽太同学的家人和周围的朋友多么难过。

"我感到非常心痛。但是，我住在伊势，和他也没有直接关系，所以不能为他做任何事，只是每天都在关注播出的新闻。有一天，我在看关于案件的新闻时，电视上出现了多摩川河滩的画面，这才知道有些普通民众聚集在一起进行义务清扫工作。

"在电视画面中，他们的表情显得疲惫不堪、无比憔悴。我心想我不能再袖手旁观了。我必须去那里支持他们，所以我才去了川崎。

"那天我第一次抱着花去河滩上，当时的情景至今还记忆犹新。双手合十默哀的时候，我心想辽太同学该多么想回到西之岛啊。一想到这里，我就当场放声大哭起来。周围的人赶紧跑过来，问我不要紧吧。

"因为我有工作，不能每天都来。不过，一到休息日我就过来帮忙，在每个月他的忌辰那天（20日）我会申请带薪休假来川崎祭奠他。我还去了两次西之岛。我想好好看看辽太同学幼年的成长环境，也想看看有没有什么自己力所能及的事。"

有些人觉得辽太的痛并非事不关己，想要尽一份力，所以从全国各地聚集到了川崎。他们的总人数逐渐扩大到了十数人。

来当志愿者的人们一起清扫整理，站在河滩上交谈，渐渐分成了几个小组。估计是感觉投缘的人自然而然地聚在了一起吧。

他们的任务不只是清扫河滩，有时候还会陪来献花的人聊天。

例如，有一天，一位40多岁的母亲带着读初中的孩子来了。负责清扫的志愿者把这对母子带到烧香台前，结果那位母亲突然开口说道："我家孩子在学校遭遇了欺凌。所以我总觉得辽太同学的事就是自己家的事，就带孩子来祭奠了。"

可能在她的心里，被三个学长杀害的辽太与正遭遇欺凌的自家孩子重叠在一起了吧，所以才会母子二人一起前来祭奠。

另一天来了一位40多岁的男士。他本来独自一人在花束前默哀，却突然放声痛哭起来，进而有些哽咽。山中和竹内赶紧跑过来把他带到了一边，询问情况。

那位男士说："我本来打算自杀的。护理父亲让我感觉疲惫不堪，心想活着也没什么意思，脑子里老是想什么时候去寻死。后来就发生了这起案件。我小时候也在川崎生活过，我现在就打算跳进这条河里……"

据说他父亲是那种咄咄逼人的性格，甚至逼迫他辞职照顾自己。那位男士夹在这样的父亲和公司之间左右为难，彷徨不知所措，于是开始考虑自杀。

竹内等人与这些人当面交流，逐个安慰。面对在学校遭受欺凌的那个孩子及其母亲，听他们尽情地倾诉；面对想要自杀的人，就会对他们说这样一番话：

"不要自杀呀。辽太知道你这样也会不开心的。你现在不能死。"

接下来又陪他们聊了一个多小时。

大家都在为辽太祈祷冥福，同时也在反思自己的内心。而且，回去的时候往往比来河滩时的脚步稍微轻快一些。

竹内说："无论志愿者还是来献花的人，都各有各的苦恼。在志愿者当中，有的人因遭遇东日本大地震而逃难到东京生活。不知不觉间，我们成了来河滩祭奠的人的倾诉对象。"

每天都待在河滩上，有时候也会认识辽太的朋友。有辽太读小学时的同级同学、篮球部的队友、崇拜的学长。他们蹲在河边，断断续续地讲述关于辽太的回忆。负责清扫的志愿者听着那些故事，感觉辽太离自己更近了一些。

山中和竹内也是如此。在他们中间，有一阵子流行说这样一句话："学长！你怎么可以这样啊？"一名自称辽太朋友的初中生告诉他们，这句话是辽太的口头禅。当遭遇什么挫折的时候，或者事情进展得不顺利时，大家就互相笑着模仿这句口头禅。

竹内说："我们中间还流行一个说法，叫'辽太魔法'。意思是远在天堂的辽太施加的魔法。例如，有些骑自行车来的人在河滩上祭奠时弄丢了钥匙。那时候我们就会说'哎呀，说不定这就是辽太魔法呀。因为辽太不想让我们回去,所以他就把钥匙藏起来了'。也许大家都觉得辽太就在我们身边吧。令人感到不可思议的是,后来钥匙又找到了。

"另外,还有一个说法叫'辽太可乐'。案发那年是 2015 年,日本可口可乐公司举办了瓶装可乐诞生一百周年纪念活动,给塑料瓶套上带有人名的标签进行销售。我很偶然地在超市里发现了印有'Ryota'①的瓶装可乐。我们把它命名为'辽太可乐',到很多店里四处搜寻购买。"

他们还曾经发起过种花运动。因为辽太的笑脸就像一朵向日葵,他们就在河滩上种下了大量向日葵花。

令人遗憾的是,当地政府要求他们停止这项活动,理由是河滩属于公共场所。几名成员说,既然这样,那我们就把向日葵的种子带回去,种在自己家院子里吧。他们把这个决定称为"向日葵计划",有的成员拜托远在家乡的家人帮忙种在老家的院子里,还有人想要在全国推广这个计划。到了夏天,盛开的向日葵被他们叫做"辽太向日葵"。

就像这样,聚集在河滩上的人们中间,演绎出了关于辽太的新故事。因为这次案件受到冲击的人们,以各自不同的形式探索着与辽太的联系。

是什么促使他们这样做的呢?我无法轻易给出答案,不过有一点可以肯定的是,不只是各位志愿者,从全国各地来这里献花的一万多人都各怀一腔心事。

后来,竹内跟伙伴们商量之后,给自己所属的小组取了一个

---

① "辽太"日语读音的罗马字表记方式。

名称，叫"Team R（辽太）"。他们还定制了同款蓝色 T 恤。除了小组的名称，上面还印有这样一句话：

"The light R lit still shines with us"。

这句话包含的意思是："因为有你（辽太），我们才会有笑容，才能坚持下去。你现在还在照耀着我们，支撑着我们。"

竹内说："辽太确实已经不在了。不过，经历了这次案件，他开始活在了我的心里。当我遇到困难感到有些沮丧的时候，一想到辽太，就会获得勇气；当我不知道晚饭吃什么感到苦恼的时候，就会对着辽太的照片问'今天你想吃点儿什么？'。从这个意义上说，也许他已经成了我的精神支柱。"

或许在聚集在河滩上的人们心里，辽太已经像宗教领袖一样被偶像化了。

与此同时，警方脚踏实地地推进搜查工作，积累了充分的证据，决定实施抓捕。案发一周后，警方的目光锁定了三名未成年凶手。

搜查

从案发到被捕之前的大约一周时间里，虎男、阿刚和星哉三人偶尔会通过 LINE 联系，但是好像没有直接见过面。也许他们害怕，冒冒失失地见面，会被周围的人怀疑与案件有关。

不只是警方和媒体，当地的那些少年也怀疑他们三人是凶手。关于得知案件时的情形，黑泽回忆说：

"20 号那天多摩川发生了杀人事件，我知道这个新闻，但是当时还没有披露受害者的名字。所以，老实说我不太关心。反正川崎经常发生案件。

"第二天,我和中村等 5 个人一起玩,然后去川崎 More's 附近的麦当劳吃饭。结果突然看到 LINE 上发布的新闻,说是在多摩川被杀害的人是卡米松。我就对他们说'喂!昨天的事件中被杀的是卡米松啊!'。于是大家一起看手机确认。我听说那小子没回自己家公寓,万万没想到他竟然遇害了……

"大家都没有心情继续吃汉堡了,每个人都呆呆地坐在那里,一声不吭。虽然头天晚上熬了个通宵,但是大家都不想回家。过了一会儿,大家开始讨论凶手是谁,我们把当时在场的 5 个人以外的名字列出来,一一排除。结果就剩下了虎男和阿刚的名字。结论是肯定是他们俩当中的一个。我们和星哉不太熟,所以当时没有想到他。"

辽太的另一个朋友木村干夫也表示,案件一曝光,他就预料到了凶手是谁。

"当我们得知卡米松死了之后,当即就判断凶手只能是虎男。有几点原因。

"首先,虽然大家都说卡米松有很多朋友,但是他毕竟是转学过来的,又很长时间没有去上学,深更半夜结伴玩耍的成员是固定的。其中能干出这种事来的人是有限的。大家很快就想到了虎男的名字,因为他在日吉殴打过卡米松。

"杀害卡米松的地点也完全属于虎男的地盘。多摩川的河堤就是 K 中学的那帮家伙聚集的地方。如果不是住在那附近的人,不会大半夜跑到那边去。外地人不会把人带去那里,过路歹徒也不会潜藏在那种地方。

"案发后根本联络不到虎男,这让我们更加确信是他。大家都在议论卡米松的死讯,只有那家伙憋在家里佯装不知道。我给他 LINE 上发了很多条消息，他一个字都不回。很明显他是在躲避。如果他不是凶手，应该不会那样做吧？"

少年们纷纷对虎男产生了怀疑，风声也传到了媒体那里。

此刻虎男究竟在做什么呢？他躲在家里闭门不出，隔绝了和外部的联系。当有人询问案件消息时，他不仅无视对方发来的 LINE 消息，甚至还屏蔽了对方。

他之所以把自己关在家里，可能是因为网上已经在流传他的姓名和照片了吧。从当地人那里传出来的信息瞬间扩散开来，案发 4 天后，很多社交网站上都有人高呼"这家伙就是凶手！""赶紧把他抓起来！"。媒体很快就包围了他家，他的家人每次外出都要面对麦克风和照相机。当时的状况是即使虎男想出门也出不去。

在这种情况下，父亲盘问了儿子是否参与作案。虎男一口咬定说"不知道""不是我"。父亲相信了儿子的话，面对家门外聚集的记者，他斩钉截铁地说："我儿子不是凶手！"

而且，他雇了律师，想要保护家人。

而阿刚的情形正好相反。他在韩国城的公寓里与母亲和妹妹一起生活。不过，下一章中会详细讲述，母亲从小就放弃了对他的养育，案发当时她正准备和再婚对象移居美国，打算把阿刚丢在日本。阿刚得不到母亲的保护，除了待在自己家公寓，还曾辗转于工作单位的宿舍、祖母家、朋友家。

阿刚就像一个无家可归的人，当地的少年们亲眼看到了他四处流浪的身影。木村也是见证者之一。

"案发之后，阿刚似乎也跟很多人见过面。他还在 LINE 和推特上正常地聊关于动漫的话题。说不定他是为了标榜自己和案件无关，故意那么做的。

"我听说，那家伙被人问到案件相关的话题时，总是说'不知道'或者'那天我一直在东京玩儿'。据说他还满眼含泪地表示听说卡米松的死讯后感到很难过。

"大家都在怀疑他。因为他的说辞总是变来变去。他对一个朋友说案发当天他和虎男待在一起，可是又跟别的朋友说那天没和虎男见面。而且他好像还跟关系亲密的伙伴说过自己杀了卡米松的话，这话后来被人传了出来。所以大家都说估计他也参与其中了。"

比嘉曾听阿刚暗示过自己和案件的关联。

"我应该是 2 月 23 日那天和他见过一面。我们在 Benex（Benex 川崎店）游戏厅一起玩。因为之前我和黑泽、中村等人谈论过凶手可能是虎男或阿刚，所以见面的时候就顺便问了他一句，是不是你干的？阿刚是这样说的：'和我无关。案发当时，我去便利店了。我不在的时候，虎男他们动的手。'

"直到最后，那家伙都坚持说不知情。我根本就信不过他。毕竟他平时就谎话连篇。"

在被朋友们多次盘问后，他逐渐无法承受那份深重的罪恶了，所以才会反复改变自己的说法吧。

媒体将目光锁定阿刚也只是时间问题。案发 4 天后，《周刊新潮》的记者试着采访了他。记者询问了他与案件的关联，关于案发当时的情形，他回答如下。

"卡米松在 LINE 上问我要不要通宵玩，我就回复他见面再说吧。他问在哪里见面，我提议说在茑屋会合。卡米松先到了店里，我们从晚上 11 点开始在那里待了 30 分钟左右，我说接下来还有事，就先走了。现在回想起来，要是当时我陪在他身边就好了……"

——可以给我看一下你和他在 LINE 上的聊天记录吗？

"我不小心删掉了。"

——为了慎重起见，我再问一遍，你本人和案件无关吗？

"是的。"

（《周刊新潮》2015 年 3 月 12 日刊）

他的回答很明显是强词夺理。他究竟为什么会说出这样拙劣的谎言呢？

作案之后，虎男、阿刚和星哉三人回到公寓，只是约定了"对于杀人一事保持沉默"，但是并没有确定具体的辩解方式和不在场证明。他们杀人之后将遗体丢在河滩上，却以为只要烧掉衣服就可以逃之夭夭。

阿刚似乎拼命想要摆脱自己的嫌疑。他故意在 LINE 上写下了这段文字：

"事情怎么会变成这样？（哭）全都是我的错!! 一想到再也见不到你，真的好难过（哭）我还有很多话要问你啊!!（哭）真的对不起（哭）"

在同一段话中，他一会儿说辽太的死是自己的错，一会儿装出一副悲伤的样子，一会儿又道歉。他可能都没意识到自己有些前言不搭后语。

随着时间一天天地流逝，案件的凶手就是虎男的团伙逐渐成为公认的事实。媒体采访时把虎男当成了嫌疑犯，网上几乎每天都在更新他的个人信息。警方为何还不下令抓捕呢？人们的这种呼声日益高涨。

善明也感到很着急。他依然在川崎的大街小巷徘徊着搜寻凶手，却一直一无所获。

警方还在对善明隐瞒搜查的详情。他们对媒体这样解释道：

"我们已经确认，监控摄像头拍下了三名疑似嫌犯的人物。不过，录像有些不清晰，暂时无法弄清长相和年龄。"

监控摄像头的录像不止一段，警方还拿到了 LINE 和手机上的聊天记录，所以应该可以确定虎男等人就是凶手。之所以没能下决心抓捕，是因为嫌疑人是未成年[①]，所以要慎之又慎吧。然而，在周围的人看来，警方的搜查工作有些滞后。

谈及当时的心情，善明说道：

"心里越来越焦躁，已经快到极限了。对警察的不信任、对自己的无力感、对凶手的愤怒。几乎到了无法控制自己情绪的程度了。

"我还经常和母亲发生冲突。自从案发以后，母亲暂时寄居在川崎的一个亲戚家里。她可能是因为看到了很多新闻报道，有些担心吧。频繁地给我打来电话，问我各种问题。比如：'为什么会发生那种事？''为什么抓不到凶手？'……她也不经过任何思考，当时想到什么就说什么。

"我当时已经经有些神经质了，她的那些话深深地刺痛了我。母亲问的那些问题我也不知道答案，我比她更想知道为什么。可

[①] 日本自明治时代起的 140 余年间，民法所规定的成年年龄一直是 20 岁。2022 年 4 月，日本民法才将成年年龄下调至 18 岁。

是母亲一次又一次地问我，有时候我也很恼火。我有好几次对她大吼道'我哪知道！我才是最想知道的人！'"

心爱的孙子被人杀害了，她可能也没办法保持平静吧。

辽太的祖母不只是向儿子打听案件的进展，还去了多摩川的河滩上。她心想至少也要给孙子上炷香。

善明没有听母亲提起此事，而是通过媒体得知的。2月25日的报纸上刊载了采访受害人祖母的报道。

■岛根的祖母献花"无法原谅凶手"

上村辽太同学的遗体在川崎市川崎区港町的多摩川河滩上被发现后，住在岛根县的上村同学的祖母于24日来这里献花。她难掩心中的愤怒，双手和嘴唇颤抖着说："他才13岁，竟然被人以那么残忍的方式杀害。我没办法原谅凶手。"她还表示"伤心得泪流不止"。

放下花束之后，老人在地上蹲了一会儿。她泪眼婆娑地说："他是我最心爱的孙子，虽然离得很远，但是真的是我的心头肉。可是他再也回不来了。"据说上村同学经常对她说"我想见奶奶"。

上村同学读小学六年级时搬到了川崎市，在那之前一直住在岛根县隐岐诸岛的西之岛上。

祖母说："来这边才一两年，怎么会发生这种事呢？"

（《神奈川新闻》2015年2月25日）

不只是报纸上有报道，电视新闻中也播出了祖母接受采访的画面。河滩上聚集了大批记者，仿佛布下了天罗地网。祖母陷入了他们的包围之中，于是毫不隐瞒地倾诉了对辽太的思念和对案件的看法。

善明看到之后对母亲大发雷霆。

"不要自作主张！赶紧回岛上去吧！"

站在祖母的角度，她只是一心想去祭奠一下遇害的孙子而已。媒体见有机可乘就写成了报道，她不应该受到指责。

善明已经没有余力冷静地思考这个道理了。受害者家属陷入了悲伤的深渊，在混乱的思绪中开始互相伤害。

案发 7 天后，在全日本国民屏气凝神的守望之下，警方终于下决心逮捕三名嫌犯了。

前一天早上，两本周刊上市了。分别是《周刊文春》和《周刊新潮》。

在这之前，电视和报纸等大众媒体虽然也在采访三名嫌犯，却因为他们是未成年，所以不敢在报道中推测他们是凶手。另一方面，警方对推进逮捕工作持慎重态度，媒体这样做也是出于对他们的尊重吧。

然而两本周刊却不一样。他们确信虎男就是主犯，大张旗鼓地报道了整个案件的来龙去脉。文章的标题分别如下：

《川崎初一学生上村辽太全裸遇害　"八人团伙"的主谋》（《周刊文春》2015 年 3 月 5 日刊）

《模仿"伊斯兰国"的一群凶残少年　虐杀"初一男生"》（《周刊新潮》2015 年 3 月 5 日刊）

报道非常贴近事实，甚至采访了虎男的朋友和他父亲。以前在网络世界传播的信息，第一次经过专业记者的周密采访得到了证实。

警方不可能不考虑这些报道引发的反响。他们应该是担心民意沸腾，怕民众批判他们行动太慢，在媒体的督促之下不得不实施抓捕的。

电视台的记者这样说道：

"我觉得警方可能想再花几天时间慎重地推进搜查工作。涉及未成年人的案件，绝不允许抓错人。而且，即使抓捕归案，几天之内如果不能让嫌犯招供，就有可能遭到舆论的批判。一般情况下，他们在充分准备好证据之前不会实施抓捕。

"但是，既然周刊先报道出了案件的全貌，之前态度有些保守的电视台就会以引用介绍的形式毫不客气地报道出来，这是显而易见的事。那样一来，警方就会颜面扫地。于是他们才将抓捕计划提前，决定给三名嫌犯录口供。大家都这么说。"

26日晚上，警察找到了少年们，要求他们跟随自己前往警察署问话。阿刚和星哉二人当场同意了，前往警察署录了口供。阿刚的朋友比嘉亲眼看着他上了警车。比嘉说自己和阿刚一起玩到傍晚，把他送回家的时候，埋伏在那里的刑警将他团团围住，直接把他带走了。两人被暂时释放的时候夜已深了。

这天晚上，只有虎男没有去警察署。他父亲雇用的律师前往川崎警察署，对搜查总部的刑警这样说道：

"案发当日，少年（虎男）表示自己一直待在家里，否定了与案件的关联。明天我会让他本人出面就此事进行解释。"

也许律师是想再次确认事情的真相后再让虎男出面。

第二天上午8点多，虎男身穿白色运动夹克衫，戴着白色口罩，钻进了一辆出租车。8点45分，当他到达川崎警察署的时候，早已等在那里的记者们一窝蜂围了上去，将麦克风和照相机对准了他。他在律师的陪同之下,一言不发地走进了警察署。

父亲并没有陪同前往警察署。他对媒体作出了如下回应:

> 关于上村同学的遭遇,我认为是绝对不应该发生的,我也能够充分体察受害者家属的心情多么悲伤。另外,我希望凶手受到罪有应得的惩罚。在这个前提下,我要声明,我儿子与上村同学遇害一事无关。不过,上村同学和我儿子互相认识,所以如果有助于弄清案件的真相的话,我们愿意提供协助。

媒体报道这段回应之后,网上立即引发了对这名父亲的强烈指责,质问他是否还不肯直面儿子的罪责,打算继续包庇他。

我不清楚这名父亲是否看到或听到过网上的这些意见。不过,既然他没有从儿子那里获知真相,上面的那段话已经是他竭尽全力的回应了吧。

在川崎警察署,刑警们从早上就开始忙于录口供。想必警察会直截了当地盘问虎男与案件的关联吧。

证据已经收集齐全了,几乎没有辩解的余地。

杀人现场附近的监控摄像头拍下了前往河滩的辽太等四人的身影,然而回来的时候变成了三人,只有辽太不在。手机上LINE的聊天记录中还留存着关于"狠揍"辽太的对话。而且,头天晚上录口供时,阿刚和星哉都承认了自己当时在场。

这么多证据摆在面前,估计虎男没办法做出抵抗了吧。他只说了一句"我什么都不说",然后低下头紧闭双唇。除了保持沉默之外,他已经没有办法保护自己了。

当天上午11点左右,刑警拿到了逮捕令,正式决定逮捕虎男。对于提起公诉一事,他们有绝对的自信。到了下午,头天晚上被允许回家的阿刚和星哉的逮捕令也下来了,二人也被关押起来了。

紧接着,全国各地的媒体报道了三人被捕的消息。

灵前守夜

出人意料的是,三名少年当中,最先承认自己罪行的人是虎男。

虽然被捕当天他一直咬紧牙关保持缄默,但是第二天他的态度发生了一百八十度转变,开口就说"睡了一晚上之后我已经整理好了想法,觉得必须说出来",暗指自己准备供出杀人的事实。

他本来就属于比较懦弱的性格。当逮捕令和众多证据被摆在眼前时,他可能失去抗争的气力了吧。结果他的招供让案件的整个经过变得清晰起来。

另一方面,阿刚和星哉在审讯室里的态度却与虎男截然不同。

一开始阿刚顽固地否认自己与案件的关联,他说杀害辽太的人是虎男,自己"虽然在现场,却没有动手"。然而,当刑警指出 LINE 上有虎男把他叫过去的聊天记录时,他又不停地改换说辞,说什么"我只是看到了卡米松流着血倒在地上的样子"。没过多久,可能是因为无言以对了吧,他承认自己受到了虎男的威胁,在辽太的"脸上"划了几刀。

坚持否认到底的人是星哉。被捕之后,他时而紧紧揪住刑警道歉说"对不起、对不起",时而趴在桌子上号啕大哭,一副正在反省的样子,大多数人都认为他距离"全部招供"应该不需要太多时间。

尽管他曾供认持刀伤害过辽太，后来却推翻了供述，无论有多少证据摆在眼前，都不肯承认参与过杀人。和哭泣时的态度截然不同，他一直顽固地为自己寻找遁词，比如"我只是在一旁观看""根本没有动手""只是假装拿刀去砍""我连上村同学的名字都不知道"。

这些审讯的细节通过负责搜查的人传到了媒体人士的耳朵里。在三人被捕之后，媒体依然连续多日持续报道这起案件。凶器是美工刀、辽太曾被逼在严冬的河里游泳、杀人的原因是有错在先的凶手怕遭到报复，这些细节逐渐通过电视台、周刊和网络被曝光了出来。这些内容用来说明案件的凶残程度可谓绰绰有余。

以下是某电视台记者的原话。

"一般而言，当凶手被捕以后，关于案件的报道就会逐渐走向完结。毕竟警方透露的审讯内容也是有限的啊。但是，这次的案件与以往不同。随着警方透露的案件的残酷内容被曝光出来，人们的愤怒情绪反倒不断高涨。我感觉人们对案件的关注度反倒与日俱增了。

"这也引发了人们的过度批判。网上关于加害者的个人信息已经全部被曝光了，所以可能比较容易发起攻击吧。尤其是三名加害者当中有两人是日本人和菲律宾人生的混血儿，这一点备受关注。网络世界的 racist（种族主义者）们掀起了一股诽谤中伤的风暴。其中也包含了很多电视上没有报道的内容。"

针对少年们的批判主要集中在网上。由于出现了多个上传他们个人信息的网站，通过网络了解到凶手的详细信息后，网友开始在论坛上发帖子，随意发泄自己的情绪。前文的那位记者所说的"没有报道的内容"是指如下语言：

　　菲律宾人一生气就胡闹，像疯子一样癫狂哦。

　　和菲律宾人结婚的人或者有菲律宾女友的人都是这么说的呀。

　　听说夫妻吵架时，她们会毁坏东西，乱发脾气，很过分的哟！

　　那都是菲律宾人的遗传基因呀。

　　所以她们的孩子一生气也会控制不住自己啊。

　　三鹰跟踪狂杀人事件的凶手的母亲也是菲律宾人哦。

　　消灭菲律宾乞丐！

　　就算菲律宾妓女为了获得日本国籍生下了孩子，那些妓女怎么可能好好教育？

　　所以这些杂交出来的废物在街上横行霸道啊！

　　所以今后这种案件也会增多吧？

　　安倍政权太想要外汇了，就大大放松了入境签证的限制，

　　可是要多考虑一下根本性的问题啊！

　　　　　　　　　　（作者注：直接引用原文）

　　那些凶手犯下的罪行深重，受到批判也是理所当然的事。但是，这种歧视性发言自然是不被允许的。

　　为什么网上充斥着这种诽谤中伤的帖子呢？前文提到的记者发表了自己的见解：

　　"我认为是罪行的残酷程度引起的。在报道中，大多没有提

到虎男等人动刀子的时候也曾犹豫迟疑过，说的都是为了杀死受害者割了很多刀。

"如果普通人只是听到了这样的内容，自然会觉得凶手是多么残酷的人啊。这哪里是人能干出来的事儿啊。于是，他们联想到了和自己身份不一样的人。拿这次命案来说就是日本人和菲律宾人生的混血儿，这样的人说不定干得出来。所以才发展出了这种极端的想法吧。找到和自己不一样的地方，假设是脑子不正常的人的行径，这样更容易接受一些。我认为那些人种歧视性的说法就是这样形成的。"

另一名记者陈述了不同的意见：

"这个案件中凝缩了现代的所有社会问题。归根结底，案件之所以引发热议、广泛传播，一方面原因就是凶手们的个人信息在网上被泄露了。人们可以在网上实时浏览那些信息，就陷入了一种错觉，误以为自己比媒体先掌握了重大的事实，于是接连不断地随意发表意见。也是因为有些在现实社会中无法说的话都能在网上随便说吧。因此，加害人的出身等极为隐私的信息被传得沸沸扬扬，才导致歧视性发言满天飞的吧。我觉得可以说网络的特殊性在这次案件中明显地暴露出来了。"

这些网上的中伤超越了二次元的世界，也扩散到现实世界中来了。一部分人按照网上流传出来的地址跑到嫌犯家门口，故意骚扰他们。

具体来说，就是往嫌犯家邮寄含有中伤内容的信，或者用红色喷漆枪在混凝土外墙上涂鸦，写下"滚回菲律宾吧！！（或者'我想回菲律宾'）"之类的话……

中伤的内容不只是针对嫌犯母亲的国籍，还波及了其祖母的出身。据说虎男的祖母有一部分韩国血统，这个消息传开以后，他们家停车场上停放的汽车被人用油漆写上了"KOREA"的涂鸦。

金藤说："在川崎，外国人和混血儿并不稀奇啊。其中自然也会有人遭到戏弄，可是住在川崎的话并不会特别在意这件事。给人的感觉是怎么事到如今又提起这一茬来了？

"不过，这次案件发生以后，引出了很多关于血统的言论。我听到那些话以后，觉得人心真是不可靠啊。平时都是正常打交道，一旦出点什么事儿，竟然会冒出这种想法。也不知道该说是看透了人的本性还是什么……

"话说回来，我还是相信朋友的。因为我的朋友不会说那种话。说那些狗屁不通的话的人，都是网上的混蛋。我相信住在川崎的人不会那样。"

也许和金藤打交道的人不会直接使用歧视性的语言。不过，网络的可怕之处在于，因为大家都是匿名，所以很难分清哪些人是"朋友"，哪些是"陌生人"。

当地政府的职员说："由于很早以前川崎就有很多外国人，所以我们一直积极致力于人权教育。为了让大家不分国籍，平等地获得生活、学习和就业的机会，市里也制定了各种措施。

"但是，我感觉那些措施都被这次的案件搅乱了。特别是川崎大师地区，不仅有很多媒体来向未成年人问东问西，网上也有很多过分的说法。因为这些情况，害得那些小学和中学的外国孩子或者父母中有一方是外国人的孩子抬不起头来，我听学校方面说这种情况越来越多了。"

神奈川县的公立高中有招收县内外国人的特别制度，给外国家庭和刚取得日本国籍没多久的学生在各方面提供了大力支持。包括当地政府在内,整个地区的人绝对没有对外国家庭的孩子弃之不顾。然而,这次案件动摇了整个城市多年来努力筑造的根基。

在网上愈演愈烈的抨击的矛头不只是指向加害人及其家人。那些遗属作为受害者本应得到同情,却也受到了伤害。善明就是如此。

媒体报道说三名嫌犯已经被逮捕的时候,善明一方面觉得心里的大石头落地了,另一方面对于自己没能亲手抓获犯人又感到有些羞愧。既然警察逮捕了他们,自己也只能置身事外,静静地等待警方的处置。

善明时刻关注着媒体播报的案件消息,同时苦苦思索自己今后应该如何面对这件事。正在此时,他发现偶然拿到手里的一份周刊上有批判自己的报道。文章说善明在西之岛和雅子共同生活时,曾经有过家暴行为,这就是离婚的原因。文中还刊登了岛上居民的证言:"辽太的父母之所以离婚,原因是善明家暴。"

是谁说了这种无凭无据的话?善明以为这件事很快就会被人们忘却,但是报道瞬间就在网上传开了,论坛上都是针对善明的冷酷无情的语言。"辽太之所以被杀害,说到底是源于家暴""因为遭受了家暴,孩子才会夜里在外面游荡""家暴的父亲没有悲伤的资格"……失去儿子的伤口还没结疤,仿佛又被人撒上了一把盐。

善明说:"西之岛的社会圈子特别小。所以,只是离婚就会招来漫天的流言蜚语。我和辽太母亲离婚时也是这样。我是不愿意理会那些闲言碎语的性格,所以无论别人说什么,我都装作不知道。

"这次采访的人从岛上的居民那里听来的话可能也属于那一类闲话吧。我已经说过很多次了,根本就不存在我对她施加暴力的事实。离婚的起因也是与大儿子有关。采访的记者也不确认一下事实,就随便乱写一通,说我有家暴行为,开什么玩笑啊!

"经过这次事件,我反倒对杂志另眼相看了。特别是《周刊文春》和《周刊新潮》,我觉得他们进行了细致周密的采访。但是,其他杂志不一样。接受采访的人随便说的话,他们也不确认就刊登出来。他们那样做是为了赚钱,可是受伤的是被胡乱报道的当事人啊。"

家庭内部发生的事是否真的属于家暴?只有问一下全家人的意见,才能知道真相。

不过,有一点很明确,善明和雅子的离婚是案发 4 年前的事。在善明看来,他们把以前的事搬出来批判自己是没道理的事。

善明也没办法反驳,只能默默忍受针对自己的中伤言论。能给他带来安慰的只有和小舞的短信往来了。

"人们的批判不只伤害到了我,也伤害了孩子们。我尤其担心小舞。在几个兄弟姐妹当中,小舞和辽太的关系最亲密,也许她知道辽太晚上出去游荡、不肯上学的原因。我估计她是独自承受着悲伤,就连在家人面前也不敢说。

"我只和小舞通过短信联系。我们从来不谈案件相关的话题。内容都是些微不足道的日常琐事。比如'你还好吗'之类的话。

"因为当时很伤心,光是聊这些就够了。只是收到小舞的邮件,我就会觉得安心,估计小舞也是这么想的吧。"

两个怀着无法疗愈的悲痛的人，可能只是确认一下彼此还有联系就够了吧。

　　善明虽然和小舞互发短信，和雅子却没有任何联系。站在善明的角度，他觉得关于这次事件的起因，离得最近的雅子应该直接对他解释一下，可是她却音讯全无。

　　三名嫌犯被逮捕后没过几天，善明收到了一条小舞发来的消息。是关于为辽太举办葬礼的内容。雅子给学校的师生和亲戚发了葬礼通知，却不肯对善明透露一个字。也不知道小舞是否了解这个情况，反正她把葬礼的日期和场地告诉了善明。

　　3月2日晚上，大家在川崎的殡仪馆为辽太灵前守夜。虽然依旧没有收到雅子的通知，出于想祭奠儿子的心情，善明还是决定前去吊唁。

　　到达殡仪馆之后，他发现除了律师和警察之外，还聚集了一大批媒体人士。入口处写着"上村家葬礼会场"，旁边竖着一个牌子，上面写着：

　　　各位媒体人士：
　　　关于灵前守夜和葬礼，我们想在家庭内部操办，安静地送孩子最后一程。
　　　非常抱歉，拜托您不要入场和采访。
　　　　　　　　　　　　　　　　　　上村家

　　由于丧主拒绝记者们进入守灵现场，所以他们都在殡仪馆外面采访。摄影师们把单反相机放在三脚架上，记者们一手拿着记事本一动不动地伫立在那里。每当身穿校服的同学们进入殡仪馆，伴随着咔嚓咔嚓的快门声，闪光灯也齐刷刷地亮了起来。有的播报员还拿着麦克风跟在吊唁者后面，想让对方发表几句感言。

由于媒体守在外面,整个会场始终充满了紧张的气氛。就在这时候,发生了一件出人意料的事。一家全国性报纸的记者当时正好在场,他表示:

"灵前守夜那天,由于一名少年拍视频直播,引发了骚动。那名少年喜欢在网上分享自己拍的视频,以前就曾因为在Niconico直播网站上分享虎男家门口的视频引起过纠纷。那天他一到殡仪馆门口,就把笔记本电脑像画板一样挂在脖子上,开始了直播。

"来灵前参加祭奠的同学们看到以后上前与他理论,结果发展成了冲突。好像先是辽太的那帮小伙伴冲上去大喊'你小子搞什么啊',然后大人也上前去劝架。那个少年又不听劝,记者们也围了上去,越发把事情闹大了。我不知道当时有多少人在观看直播,反正在网上引起了相当大的反响。"

不符合常识的个人行为通过网络公然扩散,搅乱了社会秩序。可以说这是象征网络时代的现象。

风波没有就此停息。记者接着说道:

"少年惹起争端之后,记者们围上去开始拍摄。那帮小混混火了,引发了第二波骚动。他们突然冲着记者大吼道'他妈的,拍什么拍!',结果发展成了小规模集体斗殴,最后警察都被叫来了。"

灵前守夜本该庄严肃穆地进行下去,结果看热闹的人、记者和辽太的朋友们搅在一起,上演了一场需要警察介入的闹剧。

与此同时,殡仪馆二楼正在庄严地举行祭奠仪式。遗属席上没有准备善明的椅子。他远远地能看到很久不见的孩子们以及亲戚的身影，但是大家态度都很冷淡，根本没有过来打招呼的意思。原来自己是不速之客啊。

无论过去发生过什么事，在这种时候打个招呼总是可以的吧。善明虽然有这样的想法，却也不想在守灵的时候添乱，于是决定夹杂在普通吊唁者队伍里默默守望。

会场上也有不少身穿校服的少男少女，好像是辽太的同学。灵前供奉着篮球，他们双手合十，祭拜的时候有人抽泣，有人抹眼泪。笑着摆出Ｖ字形手势的遗像更增添了大家的悲伤。住在西之岛的人也带着孩子来了，一想到他们是特意从岛上赶过来的，善明心里就充满了感激之情。

过了一会儿，发生了一件事，让整个会场的气氛降到了冰点。一名前来吊唁的女客径直朝雅子走过去，紧接着突然打了她三个耳光。在场的人脸都白了，全都僵在了那里。

雅子捂着被打的脸，仿佛在为自己辩解般地喊道："你明明什么都不了解！"

然后她开始放声大哭。打她的那名女性见此情景，转而将她紧紧抱住，似乎在安慰她。

后来人们才知道，那名女性是雅子的熟人。她似乎以为雅子和恋人同居、没有照顾家庭才造成的这次事件。她在接受周刊的采访时，这样回答道：

"辽太的母亲和男朋友开始交往是去年春天的事。后来听说他们就在她住的公寓里开始了类似半同居状态的生活。所以我就打电话批评她，对她说'你至少得在外面和男人见面啊！你这样不就害得孩子们没有安身之处了吗！'（中间略去）因此我们的关系逐渐变得疏远了，再后来就发生了那个事件。"（《周刊新潮》

2015年3月19日刊）

事件发生以后，有不少人指出了雅子作为监护人的责任问题，不过毕竟她也是受害者，所以没有人公开谈论此事。但是，这个小插曲似乎成了导火索，媒体开始毫不留情地列数母亲的责任。

例如，举行葬礼的那周，《周刊文春》刊登了一篇声讨雅子的报道。内容如下。

■母亲的责任：没有报警搜查、忽略了上村同学的SOS

母亲曾在岛上担任护士的助手，由于生活困难，于前年夏天带着孩子回到了娘家所在的川崎。在川崎，她把孩子们寄放在离自己家徒步数分钟的娘家，白天在医院当护工，晚上再次去小酒吧上班。

医院里面的人说："她是个爽快人，但是有些缺乏常识，来参加招工面试时竟然穿着运动服和凉鞋。"

去年11月左右，辽太同学结识了少年A（作者注：指虎男）的小团体。从那时起，他开始频繁深夜外出，据说有时候两三天都不回家。

经常看到他们晚上在外游荡的一名当地女性表示："因为不是周末和节假日的时候，我也经常在半夜看到他们，所以就提醒说'你们的父母知道吗'，结果上村同学说'父母什么都不说，他们根本不管我'。"

辽太妹妹的同学说："去他们家玩的时候，辽太哥哥总是温柔地对我说'多玩一会儿吧'。他妹妹今年以来一直很担心他，说'哥哥老是不回家'。"

社会部的记者说:"一个年仅13岁的孩子,案发当天也是彻夜不归,他母亲却没有报警搜查。虽然值得同情,但是母亲也有一定的责任。"

辽太同学的遗体被发现是2月20日上午6点15分的事,而搜查总部公布遗体身份却是在第二天过午时分。

当地居民表示:"知道遗体是辽太同学之后,第二天晚上我看到他母亲和妹妹,还有和他母亲交往的男朋友,三人走在街上,一副若无其事的样子,真是让人意外。"

(《周刊文春》2015年3月12日刊)

事件的责任问题从三名凶手逐渐波及了善明乃至雅子身上。媒体的追踪和世人的批判接踵而至。在这种情况下,雅子身心俱疲,决定带着父母和孩子们逃离川崎。在公审中陈述意见时,她说自己和孩子们隐瞒了身份,在一个和川崎不一样的地方安静度日。

第四章　犯人

审判

案件发生以后大约过了一年，2016年2月2日，横滨地方法院决定对虎男进行第一次公审。

开庭之前，法院一楼大厅里已经排起了很长的队伍。为了47个旁听席位，800多人排队抽签，说明公众对这个案件高度关注。队列当中不仅有媒体人士，还有在河滩上参与志愿者活动的成员以及认识辽太的小混混的身影。

上午10点，在横滨地方法院一楼的法庭中，审判拉开了帷幕。起诉内容是虎男杀人和伤害（日吉事件）、阿刚和星哉伤害致人死亡。从案发次月开始，横滨家庭法院①对几名少年进行了审讯。结果考虑到案情重大，认为三人均应当接受刑事处罚，决定将他们逆向解送（解送给检察官）。由检察官再次进行调查和审讯之后，决定让他们和成人一样接受陪审员参与的审判。

旁听席上准备了记者专用席位，我坐在角落里，展现在眼前的是以往在别的案件审理中没有见过的光景。

通常在陪审员参与审判的法庭上，从旁听席看过去，正面坐着三名法官和六名陪审员，中央是证人台，一边是检察官，另一边是律师的座席。如果受害人的遗属利用受害人出庭制度参与庭审，他们的座位会被安排在检察官后面。

这次审判不一样的地方在于，善明和雅子之间立着一个折叠式的屏风。一般而言，由于遗属不想被旁听席上的人看到，有时候会在朝向旁听席的那一面设置一个屏风。然而，一般不会像他们这样在父亲和母亲之间立一个屏风,却对旁听席完全开放。

而且,善明和雅子在进入和退出法庭时必定错开时间。这样做是为了避免两人碰面。每当休庭的时候,法院的职员就会特意互相提醒一下,有人帮忙扶着屏风,有人开门引路。看到这幅光景,难免让人觉得两人之间的矛盾非同一般。

虎男站在证人台上,剪了寸头,穿着一身灰色西装。可能是因为长时间待在拘留所里的缘故吧,脖子那里似乎瘦了一圈。他低着头,不敢看向遗属那边。

一开始,女庭长问虎男公诉事实是否有误。虎男用几不可闻的小声回答道:"没错。"

坐在记者席上的人们齐刷刷地站起来向法庭外跑去。他们是去发新闻快报。

既然虎男已经全面认罪,说明今后案件审理的走向非常清楚了。他只能对自己犯下的罪行进行反省,详细供述犯案的整个过程,并表明谢罪之意,以求获得妥当的刑期。

用美工刀把无辜的初一少年划了43刀,将其杀害。这样的案件,能有什么值得酌情考虑的因素呢?

几名凶手的履历在审判过程中都已经被公开了,再加上我对他们的朋友和相关人士的独家采访内容,接下来就为大家揭开他们的身世。

虎男的成长经历

虎男的父亲是日本人,母亲是菲律宾人,姐弟三人中他是老

---

① 与地方法院同级,专门审理、调停家庭案件及少年犯罪案件。

小,上面有两个姐姐。

虎男的父亲是一名卡车司机,长相有些粗犷。他眼睛细长,有时候还把一头短发烫成小卷,脖子上挂着项链,叫人看一眼就觉得他不像是从事正经职业的人。

然而,认识这家人的附近居民对他的评价并不差。

"川崎区是工厂工人居住的城区,像他那样打扮的人不在少数,倒不如说是极为普通。他要是住在东京都内的商业街区或者高级住宅区的话也许有些格格不入,不过作为住在这一带的人来说属于常见的类型,他也在好好抚养孩子,我觉得他算是一个老实认真的人。"

虎男的父亲为了购买自己家的住宅,贷款数千万日元,还要养活一家五口人和年迈的母亲。光是还贷款每月就要支出 17.5 万日元。据说他每个月都是按时还款,说明他工作应该很卖力。

虎男的母亲是菲律宾人,原来做过陪酒女郎。她脸蛋儿胖乎乎的,看上去脾气不错,腿脚有些不灵便,走路时需要拄着拐杖。和他们家关系亲密的平实纪夫(化名)作证说:

"川崎有很多菲律宾人,以教会为核心,结成了几个社团。妈妈们做弥撒的时候互相认识以后,就经常一起带孩子玩,形成了互帮互助的关系。有时候给不太会日语的母亲帮忙,有时候在育儿方面提供协助。

"虎男的妈妈经常去这一带比较大的教堂,在那里算是一个领头的人。她有自己的房产,经济收入也比较稳定,在沟通交流方面也没有太大问题。而且她擅长交际,所以受到了大家的信任。只是她几年前遭遇了一场事故,腿受伤了,所以开始拄拐杖了。从那以后就不怎么出门了。"

虎男的母亲性格很随和，这一点和虎男朋友们的评价一致。虎男家成了大家的聚集地，朋友们经常来玩。据说到了吃晚饭的时候，他母亲会给大家做菲律宾菜，比如 adobo（用醋炖的肉和蔬菜）和 sinigang（有酸味的汤）。日本菜和菲律宾菜会同时摆在晚饭的餐桌上。

在这样的父母的养育之下，虎男虽然在上小学之前因为听力衰减去医院治疗过一阵，除此之外并没有患过什么大病。根据公审时的精神鉴定结果，他的智商是 85。虽然有些低，但是并不影响日常生活。另外，据说他没有接受过发育障碍的诊断。他的身高和体重在同龄的孩子当中都属于极为普通的。

由于案情极为残忍，虎男被报道成了不分对象、随意施暴的攻击型人格。然而，从小就认识他的人对他的印象完全相反。

和他们家有交情的原和代（化名，50多岁）说："当虎男还在上小学的时候，我就经常出入他们家。在我的记忆中，他是个为家人着想的好孩子。他爷爷身体不好，一直卧病在床，全家人一起照顾，据说年幼的虎男也经常帮忙。所以，在我心里，他是个珍惜家人的优秀的孩子。虽然他不是那种老实的优等生，却非常体贴家人。两个姐姐也很疼爱他，由于是家里唯一的男孩子，他自己应该也希望承担一些责任吧。"

一家人关系和睦，好像也会一起去吃烧烤或者唱卡拉 OK。

然而，从小学三四年级开始，虎男在学校逐渐开始无法融入集体了。他总是心神不定的样子，上课过程中不停地说废话，无法和朋友建立信任关系，因为一些小事就会和别人发生冲突。班主任也经常批评他。

其实，在那段时间，虎男在学校里开始遭到同学嘲笑。一方面原因是他母亲是菲律宾人，他的长相也很引人注目，比一般的日本人轮廓分明。在教室里或者上学放学的路上，经常有人戏弄他，对着他喊"喂，菲律宾！"，有时候没有任何原因就把他撞到一旁。

每当这种时候，虎男就会极为恼火、奋力反抗。可能他属于那种情绪一激动就不知道说什么，而是先动手的类型吧。关于当时的情况，他父亲还记得他上小学四年级的时候发生的一件事。

有一天，班主任打来电话，把家长叫到了学校。到了学校才知道，原来是虎男和同学吵架时动手打人了。父亲很生气，质问他为什么打人，他却闭口不答。据说后来虎男悄悄对母亲说："因为他们拿妈妈的国籍嘲笑我，我才动手的。"

单从发生的事来看，似乎班里存在人种歧视性的言行。不过，据虎男的朋友黑泽说，川崎的小学里有很多外国籍和混血的学生，所以基本上不会只因为这个就遭到嘲笑或欺凌。

那么，虎男为什么会受到不正当的对待呢？以下是黑泽的意见：

"在川崎，不会只因为一个人是混血儿就欺负他。毕竟我的朋友中也有好几个混血儿。受欺凌和国籍没有关系。虎男之所以惹人厌，是因为他性格不好。

"那家伙真的有些性格扭曲。别人聊得好好的，他会突然插进来捣乱；玩赛车游戏的时候，他会把车横停在路上让别人动不了。他总是干一些讨人嫌的事儿。所以被人讨厌也是理所当然的事吧。

"我第一次见到他时，他竟然冷不防朝我喷杀虫剂啊。当时我去他家玩游戏，结果不知道他是怎么想的，突然拿来胶带把我的手在背后缠了好几圈，朝我喷杀虫剂。真的让人莫名其妙吧？他就是那种人啊。跟他是混血儿，还有他妈妈是菲律宾人都没关系。"

虎男往往不分场合给别人捣乱，或者做一些让对方讨厌的事，这些行为越来越明显。同学们不由得讨厌那样的他，是为了把他排除在集体之外才拿混血做借口欺负他的。

为什么他要做让朋友讨厌的事，重复扰乱集体秩序的行为呢？

驹泽女子大学的须藤明教授（犯罪心理学、临床心理学）在审判中作为辩护方的证人出庭时，基于精神鉴定的结果，指出虎男属于"缺乏同理心"的性格。也就是说，他不擅长体察别人的心情，并做出与之相称的行为。教授推测说可能与他在家里和父母的关系有关。

实际上，根据辩护方的主张，父亲似乎对虎男的态度相当严厉。虎男一旦做出违背他意思的事，他就会以管教为由毫不犹豫地施加体罚。不只是用巴掌打，还会拳打脚踢，甚至在深更半夜将虎男赶出家门……另外，在家中让虎男长时间保持跪坐姿势也是常有的事，有时候甚至长达6个小时。

关于这一点，父亲作证说：

"我确实对他实施过体罚。当他没能守时的时候、撒谎的时候、打架把别人打伤的时候，我就体罚他了。我觉得让他感觉到疼痛的话，他就不会再犯错了，所以说过两次之后他还不改的话我就会动手打他。（关于体罚这件事）好像一开始儿子觉得是因为自己做错事了，甘愿接受惩罚，但是长大以后不想挨打了，他就选择避开，这种时候我就会用脚踹他的脸。"

据说虎男确实犯过很多次错，但是有时候却是父亲误解他了，体罚并不合理。即使虎男想为自己辩解，父亲也充耳不闻，反而勃然大怒，吼道"不许狡辩!"，拳头越发像雨点般落了下来。

母亲不光对这些体罚坐视不管，有时候甚至和父亲一样想用暴力压制儿子。例如，当虎男没有听从吩咐的时候，她就用晾衣架或皮带抽他。

另外，据须藤教授说，他们在用日语沟通交流方面存在一些问题。母亲在日常对话中不存在太大障碍，但是好像在细节交流方面不太顺利。她似乎没有足够丰富的词汇量，没办法用日语很好地表达细腻的情感，也不会引导对方表达自己的感受并加以抚慰。

在虎男看来，这样的父母"不会听我说什么"，"反正不会理解我"，"不想找他们商量"，这样想也是自然而然的事。所以他在成长过程中没有养成通过沟通和别人建立正常关系的思维。综合一下辩护方的意见，结论就是在这种情况下他和别人发生冲突时"除了使用暴力之外，不知道解决问题的办法"。假如这些都是事实，那么也许可以说虎男容易和别人发生矛盾的性格在很大程度上受到了父母严厉管教的影响。

读中学的时候他升入了当地的市立 K 中学。它位于川崎区的正中央地段，当时是屈指可数的小混混较多的学校。据虎男的朋友们说，在这所中学的初二年级臭名昭著的学生是 T-Pablow，他是后来在说唱音乐界知名的嘻哈乐队"BAD HOP"的成员之一。他曾和川崎的各种流氓地痞发生暴力冲突，每次都会引来警察介入。

在这么乱的学校里，像虎男这种不擅长和别人打交道的人恐怕很难混下去吧。他很快就被小混混团伙盯上了。原因是虎男曾和小混混团伙里的成员或其学弟发生过争执，他们要报仇。从那以后，他就经常挨打、被嘲笑、被逼跑腿。

不过，虎男在小混混团伙面前虽然曲意逢迎、唯命是从，背后却模仿那些小混混的行为，觉得自己很了不起。据说吸烟、小偷小摸等行为是从这一时期开始变得频繁起来的。

金藤说：

"上中学的时候，感觉他躲在暗地里，一点都不引人注目，甚至不大有人注意到他的存在。但是，总感觉他是个有些阴险的家伙。可能也没什么朋友吧。

"给我留下印象的是他炫耀自己偷东西的事。进入超市以后，他就会偷来一些点心或者打火机之类不值钱的东西，感觉像是上瘾了。然后得意洋洋地到处说这件事。比如'我啥都能偷出来哦，你能吗？有种就试试！'之类的。应该就是偷窃成瘾吧。

"那家伙身边都是些老实巴交的家伙。他特别痴迷动漫和游戏，在那些方面很熟悉，所以自然而然地就会吸引很多宅男之类的朋友。他总是在那帮宅男朋友中炫耀偷东西的事，给人感觉很小家子气。

"我觉得同一所学校的小混混团伙应该挺讨厌虎男的。他们经常把他叫出来，让他去买东西，或者使劲揍他。这种时候他绝对不会反抗。因为他知道自己力量弱小，所以对别人言听计从。虽然他经常在背地里抱怨。"

比虎男高一个年级的小混混们对他也有类似的印象。"BAD HOP"的成员 T-Pablow、YZERR 和 TijiJojo 在接受采访时被问

及中学时期的虎男,这样回答道:

"基本上没和他打过交道,不过印象中他是个奇怪的家伙。""拿漫画中的角色来形容他的话,就是那种从电线杆后面露出脸来偷偷观察你的类型。虽然他向往成为小混混,却融入不进去。""虽然比他小一两岁的人当中也有小混混,但是他打不过人家,所以就带着一帮年龄更小的孩子。""案件发生的时候,我觉得也是因为他不习惯使用暴力,所以不知道什么时候该收手。"

(选自 *Cyzo premium*[①] 矶部凉的《川崎》)

他们说虎男打不过比他年龄小的小混混,实际发生的事也证明了这一点。虎男上初三的时候,同一所学校的初二的一帮小混混曾找茬说"你说过我们的坏话吧",借此威胁过他。

估计虎男甚至都不敢向同年级的小混混们寻求帮助吧。他害怕被初二的那帮人抓住动私刑,就不敢去上学了。据说最后是他父亲去学校和那帮小混混谈话之后才解决了这个问题,但是虎男的软弱就此传开了。

据朋友们说,虎男就是这样的人,他拉拢的都是他能够在对方面前耀武扬威的人,看上去只是在虚张声势。黑泽这样说道:

"伊藤洋华堂位于虎男的K中学和我们F中学之间,里面有游戏厅。那里和川崎站附近的游戏厅不一样,来玩的都是在小学和初中被欺负的人和不上学的人。其实我也是其中之一。

"虎男从读小学的时候就经常来这家游戏厅,慢慢地认识了很多人。他们一起打游戏,聊动漫的相关话题。他周围全是这种

[①] 专门做内幕揭秘的日本杂志(网络版)。

感觉的人。

"那家伙把那些孩子聚集在一起,在他们面前抽烟,有什么不顺心的事就把他们打一顿。他在他爸爸面前是一个特别听话的好孩子,在伙伴们面前就耍威风。在比他强大的人面前就怂了,不停地给人道歉。"

不上学的孩子、低年级学生、只知道动漫和游戏的宅男。虎男把这样的人聚集在一起,组成了一个小团体,自己当领头人。

他喜欢在弱者面前装厉害。通过初三时他在学校里干的一件事也能看出来他的这种性格。

同年级中有一个叫山田圣人(化名)的少年,非常安静,不太引人注意。虎男从上小学的时候就和他很熟,所以闲得无聊的时候哪怕是深更半夜也会经常联系他。可能是想找人聊天吧。

山田对虎男没有好印象,嫌他纠缠不休,慢慢地打来电话也不接了。结果虎男被无视后大为恼火。第二天一去学校,就朝山田扑过去,多次用力殴打对方面部,致其受伤。

虎男就是这样的性情,一方面被那些小混混追打,背地里又在弱者面前虚张声势。谈及中学阶段的虎男,须藤教授认为"他认识到了自己的软弱,不得不在比自己强的对象面前屈服,这让他总是感到烦躁不安"。不过,初中毕业之前他并没有闯过大祸。

升入高中以后,他瞬间暴露凶残本性的时候一下子增多了。

阿刚的成长经历

在此我想再简单介绍一下另一名犯人阿刚。

阿刚的母亲年仅 17 岁就离开了菲律宾,来日本打工赚钱。她在小酒吧里当陪酒女郎。店里面回荡着卡拉 OK 发出的巨大声响，她几乎不懂日语，可能只是和别人斟酒对饮或者唱歌助兴吧。

1997年，母亲结识了一个日本男人，怀上了他的孩子，还没结婚就生下了孩子。那个孩子就是儿子阿刚。那个男人好像根本就没有作为父亲的自觉性。在阿刚出生4个月以后终于开始和妻儿同居了，但是并没有办理婚姻登记，仅仅一起生活了两三个月就离家出走了。

母亲无可奈何，只能继续陪酒工作，独自抚养阿刚。两年后，她认识了另一个日本男人并与之结婚，生下了一个女儿。然而，这个日本男人也缺少作为父亲的责任感，还没过一年就和她离婚，离开了家。

一个外国女人在异国他乡作为单亲母亲独力抚养两个年幼的孩子，是一件十分困难的事。她决定带着孩子们暂时回国，可能是想在孩子们长到一定年龄之前先借助家人和亲戚的力量吧。他们在菲律宾生活了大约两年时间。

阿刚上小学的时候，母亲带着孩子们再次回到了日本。她把阿刚送进公立小学，将女儿放在保育园，开始重操旧业。

开始工作以后，母亲几乎不回公寓了。不光是从晚上到黎明的工作时间，就连白天也经常不在家。据她的朋友说，她总是打扮得很花哨，也许是在外面闲逛吧。

在公寓里，阿刚替母亲承担了家务活。从小学放学回家以后，他就去保育园接妹妹，然后做家务。

从小学时就认识阿刚的人说他很"成熟"，这说明他没办法像别的孩子那样在父母膝下撒娇吧。在公审时，谈及当时的心境，阿刚说"总是被母亲忽视"，他肯定有一种被抛弃的感觉吧。

即使是母亲难得长时间待在家里的日子，母子之间也没有正儿八经的对话。阿刚的母亲日语水平比虎男的母亲还要差，她说话时只能像小孩子那样把几个单词拼凑在一起。她似乎基本不识字，即使看了学校发的资料也看不懂。（公审时她作为证人出庭，宣誓的时候用的是他加禄语，回答问题时借助了翻译。）

也许是无法沟通让她感到不耐烦吧，责骂孩子的时候以及自己的想法无法顺利向孩子表达时，她就会大动肝火，突然用他加禄语大吼大叫，还动手打孩子。阿刚根本不明白自己为什么挨骂挨打，只能默默忍受，等着母亲平息怒火。

他的同学加藤正雄（化名，案发当时 17 岁）说：

"阿刚给人感觉超级阴郁。穿的衣服也不干净，什么话都不说。在周围的人看来，总觉得有点吓人。

"虽然经常有人说他坏话、欺负他，他却不会反抗。就算被人说得再难听，他也假装听不见；就算有人朝他扔东西，他也假装没发现。在我的印象中，无论遭遇什么事他都不会让情绪流露出来，所以觉得他有些令人难以捉摸……之所以觉得他吓人，可能就是因为他有这样的一面吧。"

在审判时，辩护方指出，阿刚属于不会深入思考、轻易接受眼前状况的性格。据说是因为他在疏于照顾孩子的家庭中长大，学会了压抑自己的情感。也许确实有这方面的原因吧。

阿刚虽然怨恨母亲，却很疼爱妹妹。他出生后几个月，生父就离开了家，所以他根本不记得，有一段时间还误以为妹妹的父亲就是自己的生父，直到读小学四年级的时候才知道真相。

那天母亲突然给阿刚介绍了一个陌生的成年男子。她这样说道："这个，真正的爸爸，你的爸爸。"

阿刚不禁怀疑自己的耳朵。

"我爸爸?"

"对,这个人是你爸爸。"

那个男人也说自己是父亲。不管愿意不愿意,阿刚都只能接受这个事实。然而,男人并不是来和母亲和好的,也不是来认领阿刚的,他很快就不知所踪了。

两年以后,阿刚读小学六年级,过年的时候母亲带着阿刚去见了他的祖母。这也是阿刚没有预料到的事。关于第一次见面的孙子,祖母简短地评价道:"感觉有点阴郁。"

尽管如此,对于祖母来说,肯定是一件值得高兴的事,从那年开始,每年祖孙俩都会一起过年。

到了春天,阿刚升入了当地的市立F中学。这所学校位于虎男上的K中学的隔壁,川崎自行车竞赛场和川崎赛马场近在咫尺,这里也不安静。

进入中学以后,阿刚加入了篮球部。估计他是想摆脱小学时没有朋友的状态,通过社团和班级活动融入到同学当中吧。一个年级有6个班,学生人数也不少,应该有与他脾气相投的同学。

正当中学生活即将顺利展开的时候,发生了一件事,相当于抽掉了阿刚向上爬的梯子。母亲把正在交往的男人带进了公寓。她对孩子们说:"这个人,要住在我们家。"

突如其来地要和母亲的男朋友一起住了。

好像一开始他和阿刚相处还算融洽,但是情形很快就发生了变化。他的态度逐渐变得粗暴起来,对于阿刚的一言一行都开始恶语相向了。有时候,他还会任由情绪发泄出来,大声谩骂。

阿刚对这样的家庭状况逐渐产生了不满。迄今为止一直是自己替母亲支撑着这个家。为什么要让一个突然出现的陌生人摆出一副家长的面孔，甚至还要被他教训呢？阿刚开始经常不回家，在街上徘徊，原本让他感到开心的篮球部的活动也不怎么参加了。

同一时期，阿刚在学校里开始遭受欺凌，有的同学会对他说"去死吧"之类的话。无论家里还是学校里，都没有他的容身之处。升入初二以后，他逐渐结交了一些小混混，但是他们之间的地位绝对不是对等的。

他们不只是毫无理由地打骂阿刚，还频繁地把他叫出来一起干坏事，让他帮忙在店里偷东西、望风、恐吓别人。随着和他们在一起混的时间的增多，阿刚去学校上学的次数也越来越少了。

据阿刚的朋友们作证说，他"总是被人随便利用"，看上去和那些小混混打交道并不开心。然而，就算他想跟母亲倾诉一下，也存在语言方面的障碍；就算他回到公寓，也必须面对母亲的男朋友。他可能也是不得已才和那些小混混一起行动的吧。

他的同级同学比嘉说：

"阿刚是个根本不起眼的家伙，存在感为零。虽然我和他在同一所中学，一开始却没听说过他。我在 Mixi[①] 上看帖子的时候偶然知道他是我校友，才开始和他说话的。

"这也难免，毕竟那家伙不怎么来上学啊。他本人明明不是小混混，周围却全都是。既然如此，被人呼来喝去也是理所当然的事吧。要是拿哆啦 A 梦中的角色打比方的话，他就相当于大雄，总是被胖虎打。

---

① 日本最大的社交网站。

"他们经常要求他做的事是'募捐'。我们那一届的领头人下令让他筹钱。于是他就偷盗,或者敲诈别人,筹到钱以后交上去。那些领头的家伙平分。他说最多曾经筹到过 23 万日元。"

关于他被那些小混混欺负的事,我不知道学校方面了解多少。不过,学校应该是对阿刚不来上学的状态产生了重视,曾多次联系他母亲,督促她让孩子按时上学。

母亲认为孩子不上学的原因不在于家庭,都怪和他一起玩的那些小混混。于是她采取了出人意料的行动。她想得太简单,以为把阿刚和那些坏朋友分开就行了,硬是把他送到住在美国的亲戚家,逼他在那里住了几个月。

这让阿刚的处境变得更加艰难。比嘉说:

"阿刚在日本的时候就不愿意去上学,被送到国外以后基本上没在学校待过。我觉得他好像去了很长一段时间。他本来就是那种让人捉摸不透的家伙,因为不来学校,越发让人感觉难以理解了。应该也交不到朋友吧,真的是孤零零的一个人啊。被逼去国外对他来说简直没有一点儿好处呀。他特别怨恨他妈。"

后来,母亲允许阿刚回国,他又回到了学校里。

那些小混混又像以前那样把阿刚叫出来,心情不好就打他,深更半夜让他参与非法勾当。他只不过是重新回到了被逼去美国之前的生活。

母亲看不下去了,又想到了类似的解决方案。有一天,她说"我们要去菲律宾给你外公扫墓",就带着阿刚去了菲律宾。一到娘家,母亲就说:"阿刚,你自己留在菲律宾吧。待在这里的话,就不会和那些坏朋友在一起混了吧。"

她完全不考虑儿子的内心想法和生活环境,以为把他交给亲戚就能解决问题。母亲真的把阿刚留下，自己回日本了。

虽然阿刚心想"为什么啊?!"，可是为时已晚。被丢在语言不通的菲律宾，估计那几个月他很孤独吧。据说他每天都在怨恨母亲。同时，为了劝慰无法回国的自己，他转念又想："为了断绝（和小混混的）交情，也是没办法的事吧。"

初三那年12月，他被允许回到日本了。临近中考，同学们正在做最后的冲刺。

祖母回忆道：

"关于阿刚的生活，听说他不怎么回家，家里还有个陌生男人，我一直放心不下。初三那年他从菲律宾回国时，她妈妈跟我联系了。她说需要去找老师商量一下阿刚升学的事，如果可以的话，希望我替她去。于是我就替她参加了面谈。"

母亲虽然在中考前让阿刚回国了，却不了解日本高中的情况，所以才拜托他祖母去参加升学面谈的。然而，之前一直没去上学的阿刚可以升入的高中非常有限。

最后他升入了东京都内的一所通信制高中，那里对学习能力基本没有要求。此时，母亲刚和同居的男人分手，生活好像不太稳定。祖母心想"趁着能上高中的年龄还是让他去上吧"，决定替他负担学费。

虽然顺利升入了高中，但是阿刚从此对待生活的态度逐渐发生了转变。以前他总是被那些小混混牵着鼻子走，被他们随意使唤，如今他自己也依葫芦画瓢，开始染指不法行为。

话虽如此，他却没有和人打架的力气，也没有在飞车族或暴力团伙中周旋的社交能力。因此，他开始和在游戏厅遇到的合脾气的朋友拉帮结派。比嘉是他中学时的同级同学，当时正在打零工。他们的关系也是从这一时期开始真正变得亲密起来的。

以下是比嘉的原话：

"我觉得阿刚脑子里可能只有游戏吧。可以说他是通过游戏缓解精神压力吧，感觉他去游戏厅一直在玩'湾岸（湾岸午夜极速）'和'高达'，还有音乐类游戏'乐动魔方（jubeat）'和'舞萌（maimai）'。

"他进入高中以后，开始主动干坏事了。打腻了游戏跑到外面，就偷东西。无论去哪里都要顺手牵羊。不过，毕竟他（身体）瘦弱，也只能干那些事吧。

"比如说去香烟店，他假装借用厕所，进去以后会把一整条烟偷出来。最多的时候甚至偷过 4 条烟。就因为他，那家香烟店安装了防止偷盗的警铃。

"再就是偷香火钱。因为他读初中的时候被迫帮忙跑腿，所以很清楚哪家寺庙能偷到钱。那家伙虽然在川崎的一家牛肉盖浇饭店打工，却总是缺钱花。"

那些不上学和打零工的少年聚在一起，白天就打游戏，偶尔到外边就会盗窃，仿佛是在追求现实中的刺激感，然后再回归游戏的世界。这样的生活日复一日。

顺便交代一下，阿刚骑的电动车就是让比嘉帮他偷来的。比嘉经常在街上东游西逛，一看到插着钥匙的两轮车就会偷走，已经弄到了 3 辆电动车、1 辆摩托车。据说阿刚跟他要了一辆电动车，后来又要了另一辆电动车，当作代步工具。

母亲已经不再追究阿刚那荒唐的生活状态了。她和之前同居的男人分手后，又交往了另一个男人，正处于热恋当中。

那段时间，她离开了中岛商业街附近的公寓，搬到了另一处更高级的公寓。那是一栋12层的建筑,穿过一道写着"KOREA TOWN"的门往前走一点就到了。根据不动产网站上的标价,一套三居室的房子月租金12万日元多一点。因为居住条件比以前的公寓好,所以周围的人都觉得"她应该是找到了一个有钱的男朋友"。

比嘉说:"搬到韩国城的高级公寓以后,阿刚的妈妈还是不管他。那位妈妈打扮得真的很花哨。化妆和衣服都很夸张。可能她觉得自己不是一位母亲,只是一个女人吧。

"听说她晚上在小酒馆上班,早上在打零工。我去阿刚家玩的时候她基本上都不在。她也不做饭,只是在家里放了一些方便面之类的速食产品。我还给阿刚和他妹妹做过饭呢。因为我会做一些简单的食物。"

比嘉的母亲也是一名单亲妈妈。

令人吃惊的是,阿刚手里竟然没有公寓的钥匙。房门钥匙只有两把,一把在母亲那里,另一把妹妹拿着。因此,据说阿刚进家的时候只能把手机的充电线从门上的信箱里塞进去开锁。

我心想用充电线能打开锁吗?可是不这样做的话他连家门都进不去,我们可以想象阿刚心里该有多么难受啊。他请朋友来家里玩的时候,似乎习以为常地用这种方式打开了锁,对于拿不到钥匙这件事,连觉得丢人的想法可能都消磨殆尽了吧。

祖母说:"高一时,阿刚有很多问题。学校打来电话,提议说让他不要和他母亲住在一起,而是住在我家走读更好。我跟他母亲一说,她拜托我就这么做,所以从1月中旬开始,我就让阿刚住在我家里了。

"当时,我早上5点就去上班,家里还有很多事要做。可是,阿刚不遵守和我的约定，上学老是迟到。所以，我觉得和他住在一起也没有什么意义，2月又让他回自己家了。"

被祖母抛弃以后，阿刚彻底失去了帮助他的人。被赶回自己家一个月以后，也就是2014年3月，朋友比嘉给他介绍了一个游戏伙伴，就是虎男，从那以后两人关系变得亲密起来了。

阿刚得知虎男和自己一样是混血儿，母亲都是菲律宾人，于是对他产生了亲近感。他们俩有很多共同点，话题也很丰富。正在流行的游戏自不必说，他们还都喜欢主人公是女孩的动漫，比如 *LoveLive!* 和《斩·赤红之瞳!》。

阿刚在和虎男见面的过程中，逐渐和团伙中的其他成员也熟络起来了。他们大多数人都很喜欢游戏和动漫，也不知道是否在上学，反正一般都是玩到半夜。钱用完的话就和以前一样一起去偷东西或者偷香火钱。

虎男对比自己小一岁的阿刚很满意，对他说"不用说礼貌语"。阿刚没有叫他"虎男哥"，而是直接叫他"虎男"，和他平等地交往。

从高一结束的3月到那年的夏天，阿刚之所以迅速和虎男亲近起来，是因为他家里的情况变得更加复杂了。他母亲又开始和别的男人谈恋爱了。据阿刚的朋友说，这次的男朋友好像是个美国人。阿刚读高二的某一天，她完全不顾孩子们的感受，这样说道："明年我要和那个人在一起。"

这个消息简直像是晴天霹雳。

"我和他结婚以后，就住在美国。没问题吧？"

母亲忽略了孩子们上学的事，打算再婚以后在美国开始新的生活。

母亲问阿刚愿不愿意和自己一起去美国。阿刚不喜欢去陌生的地方。于是，母亲决定把阿刚留在日本，带着妹妹和新丈夫三人去美国。

加藤说："阿刚说他不打算去美国。毕竟那里没有朋友，语言又不通，突然过去只会感到不安。于是他就说'我才不去呢'。结果他母亲说'那我只带你妹妹去'，就把阿刚一个人丢下了。那家伙变得破罐子破摔，我也能理解呀。所以他的生活也越发变得一团糟了。"

在提出再婚的话题之前，母亲一直沉溺于恋爱之中，从那时起，阿刚就频繁地和虎男的团伙一起行动，反复干坏事，简直就像抛弃了自己的人生一样。正是这段时间，他的名字频频出现在警察的训导记录中。5月由于盗窃接受了训导，6月又因为盗窃集换式卡牌和自行车等三起事件被捕。他慢慢地陷入了堕落的深渊。

比嘉说："阿刚真的非常恨他妈妈。他嘴上老是在说'弄死她'或者'恶心死了'。这也难怪，毕竟他妈妈从来没有为他考虑过。我都替他生气。所以他才不停地干坏事吧。

"他不怎么回自己家公寓，总是四处流浪，有时候睡在他奶奶家，有时候在朋友家过夜，有时候借住在工作单位的宿舍里。"

除了虎男那帮人以外，难道阿刚没有可以依靠的人了吗？他曾对周围的人说自己有一个正在交往的"女朋友"，但是实际上他是通过社交网站认识了一个住在东北地区的女孩，两人好像只是在网上交流，几乎没有通过线下约会加深感情的经历。

9月，阿刚从通信制高中退学了。据他的朋友说，由于他总是不去上学，已经受到学校方面的再三警告，结果在校内吸烟又被发现了，于是趁机主动退学了。也许是因为他看不到将来的希望，又感觉被家人抛弃了，所以才丧失了继续学业的意志。

后来，他就去建筑工地上打工，空余时间要么沉浸在游戏和动漫中，要么就和虎男等人去干坏事。这样的生活持续了一段时间，到了秋天，阿刚终于被送进了家庭法院。警察对他进行例行公事的盘问时，发现他骑的摩托车是偷来的，因而将其逮捕。

当时只有偷盗摩托车的比嘉被送进了少年鉴别所，阿刚勉强逃过一劫。然而他并没有反省，也没有痛改前非的想法。下一个月，他在偷香火钱的时候被发现了，因而被逮捕归案。家庭法院决定将其解送到少年鉴别所。

同一年，虎男也因为用铁管打人而被捕，被送进了少年鉴别所。如果他俩当中的任何一个人不是受到保护观察处分，而是被解送到少年院①的话，也许就不会发生那桩惨案了。但是，两个人都受到了保护观察处分，回归了社会。

12月末，比他们早一点从少年鉴别所出来的比嘉给虎男和阿刚介绍了一名初中生。那就是辽太。

胡作非为

我们回过头来再看看虎男。

读初三的时候，虎男希望升入一所全日制高中。他对将来并没有什么明确的目标，只是茫然地想和同学们一样去读全日制学校。

然而，虎男在这次中考中体验了挫折。他没能考上全日制高

---

① 收容犯罪的少年，对其进行改造教育的设施。

43次杀意　　149

中,而是去了市内的一所定时制高中。据他父亲说,由于他没预料到这样的结果,似乎非常灰心丧气。这件事对他的打击肯定很大,让他不得不意识到,自己已经偏离了正常的人生轨道。

在这所定时制高中,部分科目属于选修课程,有时候也可以白天上课。不过,他对高中生活逐渐失去了兴趣,开始经常迟到或缺勤。在家里睡到中午,下午和朋友见面一直玩到凌晨,这样的生活已经成为他的日常。

可能是因为定时制高中的上课时间比较特殊,校规又很自由,才能让他维持这样的生活吧。他周围的伙伴基本上也都不在全日制高中读书,有的在上定时制或通信制高中,有的在打零工,还有像辽太这样不去上学的初中生。

进入高中以后,虎男对周围的人态度更加恶劣,动不动就施加暴力。他把头发染成金色或银色,开始对着陌生人吐唾沫,在公园里舞刀弄枪。他还曾用气枪对准人、汽车还有鸽子射击,并以此为乐。

他之所以出现这些粗暴的举止,可能有一方面原因是来自中学阶段那些小混混的压制消失了。不过,据他的朋友说,还有一个原因,是他高二时结识星哉后受到了影响。

两人都毕业于K中学,读初中时也见过,不过基本上没有交谈过,高二时两人编入了同一个班,这才开始交朋友。把他们俩联系在一起的一个因素是饮酒的习惯。

虎男进入高中以后学会了喝酒。他父亲几乎每天晚上都会小酌几杯,母亲曾经当过陪酒女郎,那时候工作内容就是陪客人喝酒。他从小身边就有各种酒,所以自然而然地就将手伸向了酒杯。

他那群伙伴中大多年龄较小,喜欢喝酒的人并不多。不过,星哉和他同龄,是能陪他一起喝酒的人,多数情况下叫一声就会来。因此两人似乎很合得来。

在虎男的伙伴当中,星哉属于少见的凶狠的性格,周围的人都避之唯恐不及。他既没有加入小混混的团伙,也没有自以为是地找人打架,但总是带着刀子在夜晚的街上游荡,说是为了防身,一旦遇到不称心的事,不管对方是谁,都会怒气冲冲地大闹一番。据朋友们说,虎男在和星哉交好的过程中,不断受到他的影响,也开始随身携带刀具了。

星哉究竟是何方神圣?我调查了一下他的为人,结果发现很多方面都云遮雾罩的,很难把握实际情况。他的同学异口同声地说:"他是个危险分子,不过存在感很弱,让人捉摸不透。"

金藤原来和星哉是同学,他这样评价道:

"读初中的时候我就感觉星哉不大正常。也不能说他不遵守规则,感觉他就是无法建立正常的人际关系。他总是对别人保持警惕,态度飘忽不定,感觉一旦惹恼了他,就会受到他的袭击。

"例如,我们在学校的体育课上踢足球。假设有个同学踢得很好,嗖的一下避开了星哉,然后笑了笑,那他就会猛地上前揪住对方痛扁一顿。他就是这种性格。在学校的老师面前也是这样,有一次老师吩咐他做一件事,可能他不愿意吧,突然就爆发了。

"用一句话来概括的话,他就是那种以为什么事都会按自己的想法来的家伙。一旦不合他的意,他就会火冒三丈、大发脾气。而且,打起人来毫不留情。就因为这样的性格,周围的人都不敢接近他,觉得没法和他打交道。

"我觉得他没有朋友就是因为这一点。我记得他父母双全,还有个哥哥,不过可能大家都放弃了,不再管他了吧。所以他才越来越无法无天了。"

另外,他打人的时候也不管对方是男是女,上课时老师让他读课文,他就挠了一下老师的脸逃跑了,诸如此类的怪异行为不胜枚举。

法庭上宣读精神鉴定的结果时,对星哉的性格作出了如下分析:

● 存在 ADHD(注意缺陷多动障碍)的倾向。

● 节奏被打乱就会发火。

● 从小学二年级的时候就开始把自己的行为放在优先位置,和别人发生冲突就会打架。

● 父母缺乏养育方面的知识,没想过改善现状。

● 中学阶段,周围人和他交往时都提心吊胆。

也就是说,他本来就是一个自私自利的人,容易发怒,由于家人和同学都有意回避他,使这种倾向越发明显了。

从前面金藤的证言中也可以看出来,星哉存在"ADHD 的倾向",这属于一种发育障碍。在 ADHD 的症状当中,有时候会出现一种叫"好冲动"的特征,一旦事与愿违就会行为粗暴。而且,随着年龄的增长,作为二次障碍,部分患有 ADHD 的人会出现行为障碍和反社会型人格障碍,进入青春期以后,偶尔会表现为不受控制的暴力行为。同学们之所以对星哉的印象是"他是个危险的家伙,发起火来不知道会干出什么事",可能也是由于这方面的原因。(作者注:并非所有患有 ADHD 的人都有这种特征。)

据他们的朋友说,虎男和星哉每周大约见两三次,一起喝酒。星哉的父母对他采取放任自流的态度,即使他在公寓的房间里喝酒也不会说什么,在附近的店里点酒还可以记在父母的账上。虎男有时候去星哉家里玩,有时候请他来自己家。不仅如此,两人白天还一起打日工,像好哥们一样形影不离。

虎男的推特上频频出现关于喝酒的推文和照片,其中不少都加上了星哉的名字和照片。以下是虎男喝酒时发的推文:

"醉成一摊泥了(笑笑)今天可是要上班呀—∑(°Д°)lll"

"和＊＊(※星哉的绰号)一起喝酒*\(^o^)/*"

"喝起来*\(^o^)/* 气氛不错!笑笑"

"我在喝酒,有人想来吗～?? *\(^o^)/* 想来的人私聊我～"

虎男似乎很敬重星哉。他曾对其他伙伴说:"星哉是个超级可怕的家伙。谁要是违背了他的意愿,会被他用美工刀割伤的。但是,只要你不妨碍他,就能和他正常交往。"他一方面畏惧星哉那凶残的性格,同时又向别人炫耀自己在和那样的人打交道。

关于两人一起玩时的情形,黑泽说:

"我和星哉还有虎男三个人一起喝过几次酒。有苏打水兑烧酒,还有乌龙茶兑烧酒,什么都喝。星哉虽然喜欢喝酒,但是对动漫不太感兴趣。

"乍一看,星哉让人感觉很不舒服。我在虎男家也见过他几次,他总是抱着虎男房间里的布偶高飞[①],像抱着小婴儿一样对它说话。比如说对着布偶说'喂,接下来干什么啊?'。

"星哉跟我说话的时候也是通过布偶。他把高飞朝向我问'你在干什么呀?',我就回答说'我在抽烟啊'。他是一本正经地那么做。我不喜欢,觉得有点恶心,可是那家伙觉得那样很

---

① Goofy,迪士尼动画中的代表人物形象,米奇的好朋友。

正常。

"房间里的布偶好像是虎男的姐姐给的。另外还有布鲁托[1]的布偶。星哉来玩的时候,虎男也和他一样抱着布鲁托的布偶和他说话。"

两个高中生后来酿成了杀人事件,一想到他们抱着迪士尼卡通角色的布偶交谈的场景,我就感觉实在怪异。不过我又觉得,这也表现出他们那幼稚的性格和独特的人际关系。

前面已经讲过,虎男开始表现出粗暴的行为举止,他引发严重的暴力事件大多是喝酒的时候。他酒品很差,一喝醉就暴露出攻击性,不管对方是谁都纠缠不休。无论是学弟,还是同学、学长,几乎可以说他周围的所有人都见过他的醉态。有时候他甚至去冲撞居酒屋的店员或路人。

金藤说:"虎男喝了酒就像变了一个人,这事儿在圈子里很出名。他明明酒量不大行,却大口大口地喝个不停,慢慢地就有些飘飘然了。于是他就提议说去偷东西吧,或者去袭击某某吧。

"糟糕的是,他真的干得出来。要么他就会对身边的小弟发脾气。就像他在日吉把卡米松打得很惨那样,他会毫不留情地踹别人的脸。有时候他甚至拿着一次性筷子刺向别人的眼睛,动真格的那种。打多少下也不肯停手,有时候持续半个小时甚至一个小时,我都担心对方会被他打死。

"虎男喝醉以后一开始发牢骚,了解他的人就尽量不去招惹他。即使是同龄人被他纠缠上也会很麻烦,所以有的人只和他一起打游戏,不会陪他喝酒。"

---

[1] Pluto,米奇的宠物狗。

黑泽也指出了虎男的酒品很差。

"那家伙喝了酒，真的很麻烦。他喝醉以后无论对谁都纠缠不休。例如，川崎站前有个叫 R 的居酒屋，是大家经常聚集的地方。有一次，我肚子疼去上厕所了。虎男他们结账以后等着我。结果虎男等得不耐烦了，冲进厕所里一脚踢坏了门，嘴里喊着'你他妈太慢了！'，就过来打我。我可是比他大两岁啊！他这样害得我们都被禁止去那家店了。

"他对我都这样，对那些年龄比他小的家伙就更过分了，随随便便地打人、破坏东西。我们也想着尽量不要和虎男喝酒，可是一到晚上他就发出邀请。卡米松等人也说他很烦人。卡米松基本上不喝酒，年龄又比他小，容易被当成眼中钉，所以应该不喜欢他。"

由于虎男是未成年，案发后的报道中几乎没有提过他的暴力与酒精的关系。不过，松本俊彦（国立精神与神经医疗研究中心部长）指出，根据案件的经过判断的话，酒精的影响可能与案件有一定的关联。顺便说一下，犯罪与酒精密切相关，据说 40% 到 60% 的"伤害及杀人案"、30% 到 70% 的"强奸案"、40% 到 80% 的"家暴案"都与酒精有关系。（引自 2015 年 4 月 9 日的《每日新闻》）

虎男不挑酒的种类，有什么就喝什么，啤酒、烧酒、酸味鸡尾酒自不必说，有时候也会喝威士忌或伏特加等高度酒。

一旦开始喝酒，他就会越来越焦躁，继而爆发出来。换言之，他惹出了那么多大大小小的纠纷，甚至可能需要立案处理。在虎男因为本案被逮捕之前，他接受警察训导的次数共计 13 次。中学时父亲把门禁定为 5 点，严格限制他的行动，所以估计多数训导记录是他进入高中以后留下的。

　　升入高三以后，虎男和星哉的交情也持续了一年多，此时他身边的成员面孔发生了少许变化。有的人嫌他的酒品太差，逐渐远离了他。反过来，又有阿刚这样的新成员加入，他们的小圈子胡作非为和暴力的色彩渐渐浓厚起来。

　　在这样的背景下，虎男醉酒后引发了用铁管打人的暴力事件。下面我来详细讲述一下事件的来龙去脉。

　　2014 年 6 月的一个深夜，虎男和几名同伴一起在居酒屋喝酒喧闹。这是他们的小圈子经常搞的饮酒聚会。其中也有星哉的身影。喝了一阵之后，他们决定换个地方，结完账从店里走了出来。

　　一名同伴是骑偷的电动车过来的，虎男跨坐在后座上让那人载自己。当时虎男手里紧握着一根铁管，不知道从哪里弄来的。

　　骑车的同伴转动油门把手出发时，发现前面不远处有一名 50 多岁的男子在骑自行车。擦肩而过的那一瞬间，他突然听到砰的一声闷响，那名男子和自行车一起倒在了路边。原来是虎男突然用铁管重击了男人的后脑勺。

　　虎男大喊："快走！"

　　同伴按照他的吩咐转动油门把手逃离了现场。被打的男人受了重伤，被送进医院，后脑勺缝了 12 针。接到报警以后，警察逮捕了虎男，将他送进了少年鉴别所。

　　初审前一天，《每日新闻》（2016 年 2 月 1 日刊）的记者采访了那名受害男子，写了一篇报道：

　　　　2014 年 6 月 19 日凌晨，一名少年坐在电动摩托车的后座上,行驶在川崎市川崎区内的街上时,用铁管殴打了一名骑自行车回家的男性的后脑勺,给对方造成了缝12针的重伤,因而被警方带走。

半年后的2014年12月,担任餐饮店店长的受害男性收到了一封陌生少年寄来的信。"这次给您造成伤害,非常抱歉。"两张信纸上写了8行字,每两行字之间有一行空格。"那天我喝醉了,(略)事情过后我产生了罪恶感。""我正在深刻地反省。"

如果受害人同意和解,家庭法院在处分时可能会选择让少年在社会生活中重新做人。

少年在寄给男性的信中写道:"我想给您支付治疗费用。"还附上了关于和解的律师信函。

男性在回信中写道:"如果你击中要害的话,我可能已经死了。请你想象一下,万一发生了那种情况会怎么样。"他又告诫道:"希望你吸取这次的教训,走上社会以后,不要只是成为一个不给别人添麻烦的人,请你成为一个对别人、对社会有用的人。"

为了尽可能地让少年感受到自己的责任,男性决定同意和解,前提条件是,在大约1年半的时间里,让少年自己每个月支付1万日元。2015年1月,少年在父母的陪同下当面向男性道歉,保证绝不再犯同样的错误。关于殴打男性的原因,他说"喝醉酒记不清了"。男性再次表达了回信中所述的想法,正式与少年和解,并建议他读到高中毕业。

单从字面来看,虎男写信时有些词连汉字都没有查,直接写的平假名。与其说是他本人反省后写的，不如说是在律师和家庭法院的敦促下写的。另外，也能看得出来，他属于那种喝醉酒后就丧失罪恶感、会失去记忆的人。

按照和解时的约定，虎男共计需要支付25万日元，包括治疗费在内。不过，由于虎男没有打工，没有存款，一家人商量后，决定先由父亲支付10万日元，剩下的15万日元由虎男分15次支付。尽管虎男在向受害男性道歉的那个1月，通过偷盗香火钱弄到了一大笔钱，但他一直在游戏厅玩游戏、喝酒，在接受审判时还没有还完那笔钱。

由于这次事件，虎男被送往少年鉴别所，受到了保护观察处分。当一个人受到保护观察处分后回归社会时，需要遵守两项规定，一个是一般遵守事项（所有人应当遵守的事项），另一个是特别遵守事项（根据事件内容和经过的不同，让不同的人遵守的事项）。如果违反那些规定，有可能被取消保护观察处分，改为解送到少年院。由于虎男是酒后惹事，所以作为特别遵守事项之一，有一条是"不得饮酒"，尽管他是一个不满20岁的未成年，本就不该喝酒。

假如说虎男有可能改变自己的人生的话，应该就是在受到保护观察处分的这个时候吧。如果他直面事件，好好反省，接受身边大人的建议，改变生活态度的话，是可以修正人生轨道的。

但是，他并没有改变生活态度。据他父亲说，他被送往少年鉴别所以后，感到高中毕业无望了，所以变得自暴自弃了。

父亲说："儿子从鉴别所出来以后，我和他讨论了一下今后该怎么办。儿子的回答是'想继续上学'。后来，我去学校找老师商量了一下，由于儿子进过鉴别所，学校方面表示他毕业有难度。因此儿子放弃了毕业，开始找我商量就业的事。"

即使被老师说毕业有难度，如果选择留级，再从头开始刻苦学习的话，应该也能毕业。然而，虎男拒绝进入低年级班里继续学业，但是走上社会又没有明确的目标，又回到了以前的"朋友"身边。

虎男尽管还在保护观察期间，却开始和被捕前一样过起散漫的生活。

母亲说："为了遵守约定（保护观察所的遵守事项等），我开始写日记，记录儿子的生活，写下他每天在做的事情。一开始他比较守规矩，但是渐渐地开始睡懒觉了，而且很晚才回家。我对他说'你去上学吧''不遵守约定的话会出问题的，一定要遵守''妈妈相信你'。儿子说知道了。"

但是，虎男根本没有改变态度的意思。

"他喝酒被我发现了两次。第一次我批评他说'为什么喝酒啊！'，他说'就和学长喝了一点儿'，第二次说'是和朋友喝的'。"

据朋友说，即使在接受保护观察期间，他也基本上每天都喝酒。如果说他母亲真的只发现了两次的话，只能说是他们管理不严，没有很好地履行作为父母的监督责任。

他父亲也一样，缺乏作为监护人的自觉性。他把管理儿子的事全都交给孩子母亲，自己几乎可以说完全置身事外。这一点从父亲说过的话就可以看出来。他说："我没见虎男喝过酒""我没有检查，我要工作，没有时间""（关于交友关系）我没有确认，不太清楚，我相信儿子"。他嘴上说"相信"，实际上是"放任"。

认识这对夫妻的邻居说："在这一带，十几岁的孩子泡在居酒屋里，或者在便利店买酒都是稀松平常的事。周围的人慢慢地也就见惯不怪了，没有人检查。"

原来是没有严格监管虎男的体系啊。

按照国家的保护观察制度，由保护观察官①和保护司②负责支援、指导孩子重新做人。保护观察官被分配到日本各地的50个保护观察所中，负责制订保护观察的实施计划，定期为少年及其家人组织面试，判断其有没有在生活中违背遵守事项，有时候也会给保护司提建议。

保护司在比保护观察官离少年更近的地方提供援助，站在保护观察所和少年中间，提供日常生活方面的咨询，帮助少年就业，为其家人提供建议。如果少年在一定时期内（原则上是到20岁，如果少年已经满18岁，就是两年时间）内没有引发问题，保护观察处分就会被解除。

然而，这个制度也有不完善的地方。最大的问题是人才不足。根据2013年的统计，在日本，每年大约有49000名少年受到保护观察处分（加上成人的话，大约有85000人），而保护观察官全国仅有1000人左右，现状是每人需要负责几十名少年。这样一来，很难把握所有少年的行动并给予适当的指导，而全国共有48000名保护司，对他们工作情况的把握和指导也非易事。

另外，保护司本人也面临各种问题，其社会立场很早以前开始就受到人们的议论。由于保护司是全凭一份善意坚持下去的无偿志愿者，所以大多数人有别的职业。因此，他们往往没有足够的时间与少年接触，处理问题时也可能产生态度的差异。

---

① 法务省录用的国家公务员，在犯罪的人出狱后帮助其回归社会、正常生活，防止其再犯。

② 作为志愿者，在当地给犯罪或从事非法活动的人提供援助，就预防犯罪进行建议或指导。

还有一点，保护司们异口同声地表示，很难与现在的少年建立信任关系。现在的少年和上一代的失足少年不同，从对话交流到游玩的几乎所有环节，他们都是靠社交网络和同伴保持联系的。

虎男等人的共同爱好也是游戏和动漫之类的东西。虽说他们是失足少年，但是如果只是在自己家里喝酒，趁着酒劲儿对同伴施加暴力，或者深夜在黑暗中偷香火钱的话，这些事实很少会浮出水面。另外，保护司的年龄明显越来越大，不仅跟不上人际关系以社交网络为主的时代潮流，也很难和当地的市民一起监管那些少年。尽管虎男还在保护观察期间，却处于"放养"状态，恐怕也有这方面的原因。

在这种情况下，自然而然地就发生了1月17日凌晨的日吉事件。在审判时，虎男表示当时的饮酒量是"两罐500毫升的啤酒"，但是正如我在第一章中讲过的那样，在场的朋友的说法完全不一样。他深夜在竹林中喝了很多酒，包括伏特加，醉得一塌糊涂，变得非常暴力，周围的人甚至不敢干预。当时的受害人就是年龄最小的辽太和初三的中村。

虎男的父母明明知道特别遵守事项的内容，为什么没能阻止在日吉发生的事件呢？

母亲说："那天晚上，我儿子没回家。于是我打电话问他在干什么，告诉他我要睡了，他说他和朋友在一起，我就说妈妈要睡了，你早点回来，然后我吃完药就睡了。我早上9点左右起来的，那时候他正在家里睡觉。所以我以为他早就回来了。"

那天晚上母亲只是通过手机和孩子保持联系。既然如此，母亲就没办法了解儿子的不法行为了。保护司更是如此。

日吉事件就这样成了导火线，虎男飞速地朝杀人犯的方向堕落下去。吉冈兄弟得知虎男对辽太施暴的事实，开始胁迫他。

从发生案件的三周前开始，虎男就不再去高中上学了。在这个阶段，虎男的心情应该是被各种问题逼得走投无路的感觉吧。保护观察处分、支付赔偿金、高中辍学、来自吉冈兄弟的恐吓……虽说他是咎由自取，但是恐怕他自己也不知道该怎么办，所以才选择了自暴自弃吧。

从客观角度来看，虎男只能借助父母和保护司的力量逐一去解决那些问题。然而，他却根本没有动过这样的念头。他几乎每天都靠喝酒泄愤来逃避现实。那些欠缺考虑的行为最终给他招来了最坏的后果。

就在案发前的几个小时里，虎男还一直在公寓和中餐馆喝酒。估计摄入的酒精量足以让他潜藏在内心的凶残本性觉醒吧。结果，那成了他去多摩川河滩上持刀行凶的幕后推手。

判决

从2016年2月2日起，横滨地方法院对虎男的案件进行了为期3天的审理。审判长是近藤宏子。她曾亲自审理众多重大案件，比如爱知县发生的名古屋暗网杀人事件等。

连日来众多媒体蜂拥而至，法庭上的发言随即以快讯的形式被播报出来，而审判还在有条不紊地进行着。虎男低着头，显得十分颓丧，虽然审判长多次提醒他声音太小，他还是用最简短的语言镇定自若地回答问题。

在法庭上，针对被告和证人的提问结束后，检察官发表了公诉意见，提出了量刑建议。关于案情的重大程度，检方指出"在少年犯罪当中也属于特别凶残的案例，性质极为恶劣"，建议判处 10 年以上 15 年以下的不定期刑。作为《少年法》中规定的不定期刑，这属于最重的罪刑。

利用受害人参加制度出席公审的善明和雅子各自通过律师表达了强烈的诉求。两人都要求判处无期徒刑。善明虽然希望判处死刑，但是从现实来看很难，所以才选择的无期。

针对这些要求和建议，虎男的辩护方主张应当稍微从轻量刑。他们认为虎男并非蓄意杀人，这次案件是"由于别人递给他美工刀而发生的意外事件"，虎男父亲决心通过改善与他的交往方式来支持他，家庭将为他提供更好的成长环境，在良好的人际关系下他能够重新做人，因此建议判处 5 年以上 10 年以下的有期徒刑。

2 月 10 日是判决的日子。审判长对虎男宣读了判决书：

"被告在产生杀人的念头以后，一直认为除了杀死受害人之外别无它法，把共犯牵连进来，持续攻击受害人，直至夺取其生命。因此，无法判定其杀人的意志不坚定或者杀人时曾犹豫不决，不能削减案件的恶劣性质。（中间略去）

"本案是由于被告的愤怒引发的犯罪行为，被告指示共犯对受害人施暴，被告本人用刀划伤受害人颈部，给其造成了致命性的伤害，很明显，被告作为犯罪行为的主导者负有最重的责任。（中间略去）

"被告自身由于划伤了受害人的面颊，担心以后会遭到报复或被逮捕，因而突发性地认为只能将其杀害，这是一种极其自私、轻率的想法，按照常识难以令人理解，应当提出强烈的谴责。"

然后做出了如下判决：判处 9 年以上 13 年以下有期徒刑。

3 月 2 日，针对阿刚的公审拉开了帷幕。

阿刚出现在法庭上时身穿一件深蓝色毛衣，露出了白衬衣的领子，显得脖子部分消瘦憔悴。尽管他只有十几岁，一头短发却夹杂着白发。显而易见，被捕后的一年让他身心俱疲。

经过 3 天的审理之后，检察官发表了公诉意见，提出了量刑建议。检方要求判处 4 年以上 8 年以下的有期徒刑。检方虽然认可他是在虎男的强行命令下参与了暴力行为，但是他明知虎男在场却还是把辽太叫了出来，他害怕虎男的怒火烧向自己，为了自保对辽太见死不救，综合考虑以上因素，认定其罪责深重。善明和雅子也要求对阿刚判处"尽可能重的刑罚"。

而律师则请求宽大处理，主要有两个理由：

第一，律师认为阿刚也是虎男的受害人之一。阿刚没有主动参与杀害辽太的动机，而且有一段时间离开了现场。尽管如此，虎男又把他叫回去强逼他参与暴力行为，由此可见他不算是自发性施暴。也就是说，虽然整个案件很明显性质恶劣、极其凶残，但是阿刚自身并不是那样的人。

第二，阿刚的成长环境非常恶劣，给他带来的影响很大。由于他从小在复杂的家庭环境中长大，为了避免自己受到伤害，他形成了对眼前状况逆来顺受的性格。作为结果，他把辽太叫出来，为虎男的暴行创造了机会。考虑到以上因素，律师认为不应当让阿刚承担所有责任。

鉴于这两个理由，律师呼吁不要把阿刚送进少年监狱接受刑罚，反倒是将他送进少年院重新培养更为妥当。而且要求将他移交给家庭法院（指在家庭法院重新审理后再作处理）。

审判长对于阿刚的成长经历表示了一定的理解，宣读判决如下：

"被告在成长过程中遭遇了诸多不幸，因此被告在家庭中没有安身之处，通过结交品行不端的人以求容身，而且由于他受到了成长经历的影响，发现他在性格方面存在以下倾向：不太擅长判断状况，缺乏想象力和感受性，容易随波逐流，把事情想得过于简单，即使感受到危机也不会主动想办法解决问题，而是觉得无能为力，选择消极逃避。至于被告参与本案罪行、没有帮助受害人的问题，是因为上述成长经历给被告的性格倾向造成了相当大的影响，在谴责被告的责任时，应酌情考虑这一点。"

但是，判决书中还有以下内容：

"被告亲手为本案的罪行创造了契机，可以说责任重大，而且被告针对受害人施加的暴行虽说没有使太大力气，却划了对方颈部三刀，危险程度很高，性质十分恶劣。考虑到这些因素，无法认定被告存在'特殊情节'，不能大幅度减轻案件的凶残程度和恶劣性质，不能因为被告的成长经历就允许其接受保护处分。"

因此作出了如下判决：判处4年以上6年6个月以下有期徒刑。

宣判结束以后，虎男和阿刚都没有上诉，而是选择认罪并在少年监狱服刑。审判两人共花费了9天时间。与案件的凄惨程度相比，这个收场显得太不尽如人意。

两场审判落下了帷幕，我离开横滨地方法院以后，依然难以释怀。退一百步，就算虎男和阿刚认罪受罚是个好的结局，但是我们能把案件发生的原因只归结为他们的责任吗？

虎男和阿刚是在保护观察期间闯的祸，这一点让我耿耿于怀。

法务省把在少年院里的生活称为"设施内待遇"，而保护观察是让罪犯在社会中改头换面的处分，被定义为"社会内待遇"。虽然在纠正设施和在社会中悔过自新不一样，但是国家应该有责任好好监督、支援、指导那些少年。尽管如此，无论在虎男的审判过程中，还是在阿刚的审判过程中，保护观察官和保护司没能阻止他们胡作非为的责任问题都没有被提及。

对于未能防患于未然这件事，相关部门的人如何看待呢？后来，我曾两次前往管辖川崎市的横滨保护观察所申请采访。第一次是想听一下对方对案件的看法，第二次是想了解对方对保护观察制度的看法。

两次申请都被横滨保护观察所拒绝了。简要概括其答复内容的话，大致如下：

"出于保护隐私的立场，我们无法接受任何采访。即使是对整个保护观察制度进行提问，如果牵涉到案件，我们还是拒绝采访。"

我并不打算追究保护观察官和保护司的个人责任。尽管如此，对方还是不肯发表任何见解。

善明对我转述了从律师那里听来的话："保护观察官对那些少年放任不管，也应该对案件的发生负一部分责任。但是，媒体和司法系统根本不想提及此事。听人说，关于保护观察官的责任问题在他们当中好像是禁忌话题。"

听了这话，让人不由得感叹司法面临的障碍有多么大。

前面已经讲过，如果算上成人，受到保护观察处分后走上社会的人数每年约有 85000 人。即使只算少年，人数也高达约 49000 人。要想给这么多人好好指导，而不是像虎男和阿刚那样"放养"，我们需要正视实际发生的案件，彻底分析研究，逐一解决保护观察制度面临的问题。

然而，保护观察所的大门一直处于紧闭状态。

因此虎男等人没有被司法的安全网兜住，而是朝深渊继续坠落下去。

全面否认

5 月 19 日，横滨地方法院对第三名凶犯星哉进行了初审，比另外两人晚两个月。罪名是伤害致死。和之前一样，由 3 名法官和 6 名陪审员负责审理。

上午 10 点，审判开始了，星哉身穿白色衬衣，在 3 名被告当中是唯一留长发的人。他就像准备出去游玩一样，用发蜡做了一个偏向一侧的造型。虎男和阿刚在法庭现身时都剪了短发，穿着偏黑色的衣服。星哉上法庭时的态度和他们完全不同。

旁听席的气氛也和之前不一样，笼罩着一种倦怠感。因为大家觉得另外两人的审判结束后大部分案情已经查明，不会再发现新的事实了。

在确认公诉事实时，坐在旁听席上的人们因为星哉的一句话受到了冲击，仿佛被钝器重击了一下。当审判长问检方提出的公诉事实是否属实时，星哉用一种目中无人的腔调说："不是（事实）。我没有杀害上村同学的念头，既没有划伤他的脖子，也没有殴打他的头部。"

他竟然全面否认了检方的起诉内容。

辩护方也对他的说法表示支持："我们坚持认为被告无罪。"

我坐在旁听席上，不敢相信自己的耳朵。虎男和阿刚几乎全面承认了起诉事实，也不打算上诉，直接认罪了。只有星哉直接否认了，难道他能一口咬定自己是无辜的吗？

坐在记者席上的记者们可能和我想的一样吧。他们只迟疑了一瞬间，就站起来冲出了法庭。几十分钟后，各大媒体先后发布了题为《少年C主张自己无罪》的报道。法庭上下一片哗然，针对星哉的审判就这样拉开了帷幕。

审判时，星哉坐在证人台前，说话不带丝毫感情，语气冰冷得令人吃惊。他的话不多，时不时地摇晃一下身子，无论回答什么问题都像在读台词，而且没有抑扬顿挫。

他否认之后陈述的事实关系大致如下：

1. 只见过辽太一次，并不认识他。
2. 不记得给别人递过美工刀。
3. 没有参与河滩上的暴行。

他坚称自己只是跟着去了河滩，并不知道是为了施暴，辽太被施暴的时候自己什么都没做，只是在袖手旁观。

审判刚开始的时候，星哉说得斩钉截铁，态度过于坦然，我甚至开始觉得也许他的证词才是正确的。然而，仔细听了之后，就发现了好几个不合逻辑的点。

从前后的状况来看明显存在矛盾，星哉却满不在乎地叙述出来，也没有提出来推翻检方主张的证据，只是反复地说"不知道""没做过""不记得"。星哉提供的证词越多，以无辜为名的伪装剥落得就越多，他那异常的经历就逐渐暴露出来了。

坐在旁听席上的人们估计也是同样的感觉吧。每当星哉和律师发言时，大家都会发出一声叹息，仿佛惊讶到了极点。旁听席上的空座渐渐增多了。

星哉在法庭上都说了些什么，那些主张有多么缺乏可信度呢？前面讲过的三点尤其重要，下面我想为大家逐一分析。

第一点，星哉声称自己基本上不认识辽太。关于这一点，他是这样陈述的：

"我和虎男初中高中都在同一所学校，是从高二开始和他一起玩的。我和阿刚迄今为止只见过两三次，不知道他的手机号码和LINE账号。我和上村同学只见过一次面。虎男把他带来的，我就看到他了。我以前不知道上村同学的名字，案件发生以后我通过电视上的报道才知道他的绰号叫'卡米松'。也没听说过日吉事件或者其他纠纷。我是因为案件被逮捕以后才知道这些事的。"

他竟然说自己只见过一次辽太，连对方的名字都不知道。

然而，虎男在接受公审时曾明确表示在案发数日前给两人做过介绍，不大可能不说双方的名字。

另外，在行凶之前，虎男和阿刚在中餐馆商量过要不要叫辽太出来，在若宫八幡宫和河滩上，虎男也曾对辽太解释自己为什么生气。当时星哉一直在旁边，不大可能什么都没听到，也不会在毫不知情的情况下跟着去凶杀现场。

第二点，星哉声称不记得自己曾把美工刀递给虎男。关于这一点，他是这样陈述的：

"虎男拿着我的包，美工刀就在包里。虎男知道包里有美工刀。因为我们在公寓里交谈时，他找我商量工作上的事，我当时说过包里有美工刀。我问他要不要看看,他说不用了。

"到达河滩上以后,虎男先带着上村同学去了河边。后来我过去一看,发现上村同学全身赤裸,仰面朝天躺在地上,再后来虎男就拿美工刀划他的脸。然后,我们移到护岸斜坡旁边的草地上,他把美工刀递给了我。看到刀子的形状和颜色,我才知道那是我的。"

虎男作证说自己不知道包里有美工刀,当时在场的阿刚也回答说根本不记得星哉说的那些对话。途中的监控摄像头拍下了虎男拿着包的镜头,不过在前往河滩的路上,他一会儿把手臂搭在辽太的肩上,一会儿殴打辽太,不清楚他是否直到最后都拿着包。

而且,开始施暴以后,虎男手持美工刀划了几下,却觉得"自己没办法下死手",就把阿刚叫回来帮忙。结果给辽太身上留下了43处伤口。如此看来,我感觉虎男不是主动要杀死辽太,而是被星哉硬塞到手里一把刀,这样想似乎更符合逻辑。

最后一点,星哉声称自己没有参与施暴。他是这样说的:

"(虎男用美工刀划伤辽太的时候)我坐在护岸斜坡上的混凝土部分远远地看着,之所以没有阻止他,是因为以前他在做同样的事时,我去劝说他也没有停手。我也不希望因为自己上前劝说惹怒他,引火烧身。

"后来阿刚来了,虎男就命令他动手。阿刚不愿意,说'我会被抓起来的''没办法去外国了',但是虎男把刀伸向他面前,威胁说'你要是不动手就用刀划你'。不过,当时我并不知道他拿的是美工刀。听了虎男的话,阿刚也开始用刀划上村同学了。"

他的意思是虎男和阿刚两人一起实施了暴行。那么,这期间星哉在旁边干什么呢?

他说:"虎男和阿刚让上村同学在河里游了一圈之后,就开始更加用力地划他。我一直坐在原地玩手机啥的,所以并没有看到整个过程。虎男也叫我过去动手,我说'不行,我做不到',可是他不肯听,所以我就暂且起身假装跌了一跤。我没有喝醉,但是不想动手,所以就假装醉得跌跌撞撞的。

"虎男看到以后好像就放弃了,不再逼我。我坐回原处,他又开始自己动手划。我玩着手机,时不时地看看他们。虽然有人作证说我拿上村同学的头去撞击护岸斜坡的混凝土,可是我并没有做过那样的事。"

虎男曾明确作证说星哉也接过刀去划了辽太。他也承认让辽太的头撞击了护岸斜坡,尸检时也发现辽太遗体的额头上有疑似撞击过硬物的伤痕。

由于阿刚当时去了便利店,并没有直接目睹星哉用刀划伤辽太的场面,但是他说"我觉得星哉接过美工刀了"。关于护岸斜坡的问题,他说:"我看到他按住辽太的头使劲往护岸斜坡上摔了。是星哉干的,虎男坐在那里看。"

发生了如此凄惨的杀人事件,星哉却说只有他自己什么都没干,若无其事地在那里玩手机,恐怕没有人敢轻易相信吧。不只是检察官,法官和陪审员似乎也有同样的想法,在提问被告时反复盘问事实关系,但是星哉似乎铁了心,坚持说自己无罪。为了向大家展示他的证词多么不负责任又含糊不清,下面直接引用一部分:

——你知道他们为什么开始施暴吗?

"不知道。"

——你没想过阻止他们吗?

"想过，但是没敢。"

——你没想过逃走吗？

"因为（虎男说好了回家的时候）要（骑自行车）送我，所以当时我就没想逃走啊。"

——他们施暴的时候，你说你在玩手机。既然你有时间玩，为什么不报警呢？

"当时我没想到报警。"

——那你的意思是虎男做了伪证。他为什么要撒谎呢？

"他可能是想把我卷进去吧。"

——虎男恨你吗？

"不知道。"

——那他为什么要害你？

"他就是想把我拖下水吧。"

——原因是什么？

"我也想不到什么特别的原因。"

——阿刚也作证说你动手了。

"我跟阿刚不熟，不知道他是怎么想的。"

光看这一部分应该就能发现星哉多么不诚实，令人难以相信的是他待在案发现场的理由。从河滩走到他家公寓仅需 15 分钟左右，他却一直待在现场，甚至陪着他们在公园烧掉辽太的衣服，理由竟然是为了让虎男骑自行车送他回家，简直是信口胡说。

善明和雅子坐在证人台的旁边，死死地瞪着星哉，气得嘴唇打战。那个凶手杀了他们的孩子，却不肯承认这个事实，看着他那副姿态，他们眼中甚至涌现了杀机。星哉感觉到了他们的目光，却面不改色地装糊涂，时不时地嘴角还会露出一丝冷笑，仿佛在嘲笑遗属和检察官。

例如，检察官曾问他对案件有什么感想。正常的话，被告都会回忆案发当时的情景并表示反省。然而，星哉却皮笑肉不笑地这样回答：

——案发以后你后悔了吗？

"我尽量不去想这件事。"

——为什么？

"因为我不想回忆。"

——你有没有对遗属表达过后悔？

"没有。"

——你怎么看待虎男和阿刚？

"我希望虎男不要撒谎。至于阿刚，反正我和他不熟，算了。"

一名初一男生在自己眼前全身赤裸，因出血过多而死。他却说"因为我不想回忆，所以没有思考这件事"，单凭这一句话就想蒙混过去。

我坐在旁听席最前排靠边的座位上，从斜后方也能看清他那阴森森的笑容。他那冷酷的态度让我深感恐惧，与此同时一句话闪过我的脑海，那就是精神鉴定结果中写的"存在ADHD的倾向"。

正如先前所讲的那样，根据精神医学领域的研究，作为二次障碍，患有ADHD的人有时候会产生行为障碍。具体特征是"无法产生罪恶感""不理解他人的心情"，有的人满口谎言却没有任何负罪意识，甚至出现反社会性行为。

我个人不赞成在理解案件的时候给罪犯贴上发育障碍或精神疾患的标签。因为发生犯罪行为的背后往往有很多其他因素。然而，在我目睹了星哉那些冷酷无情的语言和举止后，渐渐觉得就算ADHD不是直接原因，也一定和某些病理有关，否则怎么也想不通他为什么会那样。

6月3日，所有审理程序结束后，就该判决了。法官认为星哉的证词不值得信任，理由主要有以下几个方面：

● 虎男和阿刚在供出对自己不利的证词后，选择认罪服刑，事到如今没道理撒谎陷害星哉。

● 虎男和阿刚的证词比星哉的具体，而且与证据不矛盾。

● 星哉的供述内容有很多不自然且不合理之处，可信度很低。

综上，法院驳回了星哉的诉求，判定他"通过递凶器为罪行升级创造了机会，发挥的作用很大""至今都不敢直面自己的行为"，按照检方的建议量刑判决如下：判处6年以上10年以下有期徒刑。

这次判决之后，人们以为3名凶手的审判就此落幕了。然而，事情并没有就此结束。判决结果出来12天以后，星哉不服地方法院的判决，提起了上诉。事到如今，他还在坚持声称自己无罪。

10月11日，第二审开始了，这次是在位于霞关的东京高等法院。善明特意请了假从西之岛赶过来，雅子也在父亲和长子的陪同下出席了审判。由于星哉在第一审中被驳回了诉求，大家都很关注他会提交什么样的新证据。

开庭以后,我再次被星哉的做法惊呆了。星哉本人并没有出现在法庭上。出庭的被告方只有律师。律师在法庭上淡然地陈述的还是和一审一样的无罪诉求,并没有任何新的证据。他只是在口头上申辩说虎男和阿刚的证词是谎言,申请改判为无罪。

第二审上午一个多小时就结束了,定于 11 月 8 日再次开庭时宣判。既然没有提交新的证据,法官只能讨论一审的判决是否妥当。

宣判当天,审判长认为"(一审判决认定被告与其他凶犯合谋施加了暴行)不存在不合理的地方",维持了一审的判决结果。

星哉对这次判决依然不服,又上告到了最高法院。看来他是打算抗争到底。然而,最高法院驳回了上告。案发之后大约过了两年,2017 年 1 月 25 日,一审判决判定的不定期刑终于确定下来了。

都是手机惹的祸

东京高等法院宣判那天的下午,我从法院走出来,穿过日比谷公园,朝银座方向走去。公园里的树木被星星点点地染红了,秋高气爽,艳阳高照。随处都能听到小鸟婉转的鸣叫。

那天我和善明约好了在银座的一家咖啡馆里见面,对他进行采访。高等法院的审判结束了,他作为辽太的父亲有何感想呢?为了探听他的真实想法,我请他在返回西之岛之前抽出了一点时间。

由于是午饭时间,公园里可以看到不少身穿西装的商务人士在休息,一派闲适。然而,我心中却积压了一些不痛快的感觉,只能紧闭双唇、默默地赶路。

在审判过程中发现星哉不诚实自然让我感到不愉快，同时在法庭上瞥见的遗属之间的感情冲突也让我感到担心。在公审时，宣判之前会有一个陈述意见的环节，让受害人的家属对凶手以及法官陈述自己的意见。之前在陈述意见时，雅子说的话似乎可以理解为对分手的前夫善明的批评。

（辽太）进入中学以后，加入了篮球部。

自从前夫给他买了手机，他就开始和朋友聊到深夜，到了暑假就开始夜不归宿了。

我要上早班，还要加班，经常碰不到他。到了晚上他还不回来，我给他手机打电话他也不接，正想着必须报警搜寻呢，结果他就回来了。

（※着重号为作者添加）

在法庭上，雅子和善明的座位中间隔着一道折叠式屏风。尽管如此，她在讲述完辽太在西之岛上读小学时留下的快乐回忆后，又说由于善明给儿子买了手机，造成他上中学以后开始晚上在外面游荡，仿佛是在控诉前夫的过错。

坐在旁听席上的一名女性吐露了她的感想：

"听了孩子妈妈的发言，我感觉她是在说因为前夫给辽太买了手机，才导致辽太走上了歪路。我心想，她为什么要在那种地方使用责备前夫的说法呢？而且，她把自己和男朋友同居、没能好好关注辽太同学的问题搁在了一边。由于是在被屏风隔开的情况下的发言，感觉遗属们好像正在互相伤害，非常遗憾。"

初一拥有手机并不是什么稀奇的事。反过来看，正因为有了手机，雅子才能和辽太保持联系。可是，在陈述意见时，她竟然采用了追究善明责任的说法。

那句话留在了我的内心深处，形成了实在无法解开的心结。原来曾经结为夫妇的两个人，因为最爱的儿子被人杀害，都陷入了悲伤的深渊，为什么要伤害对方呢？

估计雅子也不想在法庭上批评善明吧。婚姻走向破裂的过程、案件带来的精神错乱、不知如何是好的情绪，一定是这些东西纠缠在一起，才催生了那样的发言。

从这个意义上说，她不应该成为被批判的对象，还是应该作为受害人获得怜悯。我深切地感受到，这场残忍的案件给遗属们带来了多么重大的悲剧。

考虑到雅子的名誉，我要补充一点，她在陈述意见时并非只说了对善明的批评。她声泪俱下地控诉的内容，更多的是对辽太的炽热的母爱。坐在旁听席上的人们听到那番话，都不禁眼眶发红。

下面引用其中部分内容：

儿子到底遭遇了什么，我必须知道全部真相，抱着这样的想法，我旁听了（家庭法院）对少年犯的审判，他们伤害一个13岁的孩子的行为，简直不像是人能干出来的事。让我实在听不下去。

在初审之前，我们并不知道儿子身上的哪个部位有多大的伤口。脖子、手臂、腿上，全身到处都是伤口，难以用语言表达，总是满面笑容的儿子竟然遭遇了那样残忍的伤害。

比起对案犯的愤怒，我一想起儿子当时有多么痛苦、多么难受、多么害怕，就很心痛。

我无法原谅案犯。因为微不足道的小事，他们就对比自己小 5 岁的孩子痛下杀手，为什么没人阻止呢？为什么没人帮他呢？

我脑子里浮现的全都是，为什么？为什么？

我听说，在 2 月那寒冷的深夜里，儿子被逼在河里游泳。他们说我儿子是自己把衣服脱下来的。

他可能是担心回到家以后衣服湿了的话被我批评吧。一想到这里，我就感到揪心，真的很难过。

他们说逼我儿子在河里游泳的时候，"心想他要是淹死就好了"。那三个凶手对我儿子弃之不顾，真的让人觉得他们并非人类。据说三人逃走以后，儿子又爬行了 23.5 米，挪到了草丛里。

2 月的深夜里，那样冷的天气，手机被扔了，也没办法呼救，穿的衣服也被拿走了，即使如此他也拼命想要回家吧，他心里该有多么害怕啊。他肯定在说"妈妈救我"吧。

我无法体会儿子的那种绝望和恐惧的感觉，也无法原谅自己还活着。儿子不在了，我不知道该怎么承受这份伤痛。

（中间略去）

没有儿子的人生，不可能开心。儿子去世那天，是我最小的孩子的生日。每次给孩子过生日都会想起那段悲伤的回忆，每当到了那一天，我就必须回味这样悲伤的感觉吗？我的孩子们也很难过。今后我也无法原谅那些凶手。

我想让案犯体会我儿子遭受过的恐惧、疼痛以及所有痛苦。无论判决结果如何，我都不会满意，也没办法接受。

我只想对案犯们说一句话。

那就是"还我儿子"。

（公审虎男时雅子陈述的意见）

坐在旁听席上我旁边的那名女性听了这番话，耸动着肩膀呜咽起来。她年龄约莫40多岁，说不定有一个和辽太差不多大的孩子。在宣读完陈述意见之后，她仍然用手帕捂住嘴，低着头抽抽搭搭地哭。

我心想，案发之后，雅子哭得该有多么伤心啊，一定是浑身颤抖吧。无论她再怎么放声大哭，眼泪也不会哭干。今后在她的一生当中，只要一想起辽太，就会想到被人用美工刀划了43处的伤痛，责备自己对他照顾不周、没能挽救他的生命，一直对他心怀歉意。这就是作为杀人案的遗属活下去的必经之路。

虎男、阿刚、星哉这三个人能够在多大程度上理解这一点呢？他们打算怎样赎罪呢？

如果按照判决结果执行的话，三人回归社会的年龄分别如下：

虎男　28岁—32岁。

阿刚　22岁—24岁。

星哉　25岁—29岁。

第五章　遺属

采访

银座的一栋大楼里有个咖啡厅,为开会的人提供租借场地。2016年11月8日,在其中一个单间里,我和善明隔着长条桌相对而坐。

房间内鸦雀无声,善明并不打算喝那杯咖啡,而是一脸严肃地用手紧紧握住膝盖。由于他是直接从东京高等法院过来的,所以还是西装领带的装扮。他特意请假从西之岛赶过来参加审判,被告却没有提交任何新的证据,就这么结束审理了,他心中肯定有难以排遣的愤懑吧。

回首过去,我曾经好几次长时间采访善明,他每次都是保持严肃的表情。我第一次和他交谈是在半年前的初夏时节。我知道善明拒绝接受媒体的采访,但还是想和他聊一聊,明知有困难,依旧去了西之岛。

我通过某个人的介绍,在岛上的小餐馆里和善明见了一面。店里没有其他顾客,善明独自一人在吃午饭的盖浇饭。据说吃完就得去打鱼。时间有限,我只是尽量表达了对案件的关注,恳求他改日接受采访。

从那以后的半年时间里,我每隔几个月就会采访他一次。前面写的关于他们家的内容,大多是从善明那里听到的。

针对星哉的审判落幕以后,绝大多数媒体应该不会再报道这个案件了。然而,对于遗属来说,审判只是一个必经阶段,以后还要背负着案件活下去,从这个意义上说,一切才刚开始。正因为如此，在高等法院的判决结果出来以后，我想再次询问善明当下的心情。

我隔着桌子开始提问，善明淡淡地回答，时而加强语气，讲述他对案件的看法。他虽然努力保持平静，作为一位痛失爱子的父亲，他的话语中还是饱含着强烈的情绪。

家人的不和

在审判时，我和辽太的母亲之间被一道折叠式屏风隔开了，我自己也觉得有些不自然。为什么要这样做呢？坐在旁听席上的人们看到了会怎么想呢？

决定竖一道屏风，是她那边的意思。在横滨地方法院对虎男进行初审之前，律师突然对我说，按照对方提出的要求，公审时要在我们之间竖一道屏风。感觉对方已经单方面做出决定，只是告诉我一声，不容置疑。

关于审判过程中的细节，也已经安排好了。首先，为了不和辽太的母亲碰面，律师要求我在审判开始前1小时来。先去隔壁的横滨地方检察厅，和负责本案的律师碰头以后一起过去。有条小道通往法院，我从那里进入法庭，然后她再到庭。

为了避免我们碰面，休息时间也做了特别安排。进入和退出法庭的时候都是我先来。休息的场所、使用厕所的时机都要听从法院职员的引导。不过，偶尔在我休息的时候，她从我眼前穿过，感觉很尴尬。

辽太的母亲为什么要想尽办法避开我呢？我没有听说明确的理由。我对于和她碰面或者交谈没有任何抵触心理。是她单方面想要和我保持距离。我只是推测，可能是因为她有不想被我盘问的事吧。

那一定是我最想向她确认的事——为什么她没能挽救辽太的生命呢？

我最后一次见到辽太是1月2日，案发的一个半月之前。在回西之岛前，我和他在川崎站的回转寿司店吃了顿饭。

从时间上看，当时辽太应该已经认识虎男了，不过关系还没有那么密切。辽太的行为变得奇怪是寒假结束以后的事。第三学期一开始，他就不去上学了，正式开始和虎男的小团伙一起鬼混，晚上玩到很晚。

从1月2日到案发的一个半月，对我来说是"空白期"。辽太遭遇了什么？辽太的母亲为什么对自己的孩子不去上学这件事不闻不问呢？他的兄弟姐妹都在干什么？恐怕只有家里人才了解内情，但是她在审判时却根本不提及此事。

我并不打算把案件的发生100%归结为辽太母亲的错。但是，她作为母亲确实还有更多可以做的事。

比如辽太不去上学的问题。她说因为担心，和辽太谈过，但是最终没能说服他去。孩子应该有不去学校的理由，也不知道她有没有确认理由是什么。学校老师因为担心孩子联系过她，也没能和她建立良好的关系。

我心想，既然她什么都做不了，只能袖手旁观的话，为什么不和我联系呢？我可以把辽太带到西之岛，让他尽情地放松一下，然后再送他去上学。至少比在川崎的游戏厅和那些年长的小混混在一起强得多。可是，她并没有采取这种措施。

我只是猜测，可能是和她同居的男人的存在影响到了她吧。假如那个男人想要在家里扮演"父亲"的角色，站在她的立场上，找我这个前夫商量的话可能有所顾忌。也许是为了照顾那个男人的感受，犹豫不决的结果就是把辽太的事搁到一边了。

我觉得辽太并不讨厌他的母亲和兄弟姐妹。他的母亲也发自内心地爱他。但是，毕竟她有5个孩子，有时候难免就会有所偏爱，还要分一份感情给同居的男人。孩子往往会敏锐地察觉到父母给予的爱的变化。那很有可能造成亲子之间的隔阂。

关于在日吉发生的暴力事件，辽太的母亲也有更多可以做的事。凶杀案发生之后，网上出现了一张辽太鼻青脸肿的照片，据说是日吉事件之后拍的。我也看到了，他的脸肿得很厉害，一只眼睛周围有一大块淤青，整个脸都变形了。如果是小打小闹，不会这么严重。虎男在审判时轻描淡写地说只是象征性地打了几下，如果不是对毫不还手的人一个劲儿地用全力挥动拳头的话，不可能留下那么严重的伤痕。辽太的母亲也好，和她同居的男人也好，这点常识总是有的吧。

如果她在发现辽太受伤时，作为监护人采取了适当的措施的话，也许不会发展成凶杀案。可以带他去医院，可以问他是谁干的。但是，最终她却只是拍了照片，既没有告诉警察，也没有让辽太和虎男等人绝交。

估计辽太的母亲工作也很忙，所以可能无法顾及男孩子打架的问题。既然如此，我希望哪怕是和她同居的那个男人替她处理一下也好。那个男人之所以没有出面，恐怕是因为他并没有以辽太的父亲自居，只是作为雅子这个女人的男朋友存在的。所以他才没有"多管闲事"。

决定离婚的时候，她说自己想要孩子们的抚养权。得到抚养权,同时就意味着要承担作为父母的责任,要好好保护孩子。正因为如此,我才不由得这么想:假如说案件是无法避免的,那么我认为她有义务向我好好解释一下,这个空白的一个半月时间里究竟发生了什么?

辽太的母亲也是痛失爱子的遗属。她也不愿意招致这样的事态。但是我待在岛上,没能为孩子做任何事。站在我的立场上,下意识地就想问一句:是不是周围的大人都眼睁睁地看着他走向毁灭而见死不救呢?

也许辽太的母亲知道,我见到她的话会问她这些问题,所以才故意回避我。一开始我意识到这一点,是在举办葬礼的时候。她根本没打算告诉我日程,我站在普通吊唁者中间,她甚至连个招呼都没打。再怎么说也太过分了吧。

这么一说,我还想起来一件事。警方搜查结束后,问我该把扣押的辽太的智能手机归还给谁。手机本来就是我给他买的,话费也是我交的,所以理应还给我吧。警方也明白这个道理。但是,辽太的母亲好像一再请求警察把手机给她,说想留作纪念。警方跟我联系,说她想要,问我怎么办。

我回答说:"那不行,手机是我的。"

"辽太同学的妈妈也想要。有商量的余地吗?"

"有啊。如果她愿意和我当面好好商量的话就行。"

"那有点儿难。她说只想谈手机的事。不想聊其他的事。"

"那就不行啊。直接见面的话,不可能只聊手机的事。也会谈到辽太的事。要是不愿意的话,就没得商量了。"

警方把我的意思转达给她,结果她说"那我就不要手机了"。她就是这么害怕被我追问案件相关的问题。

后来审判时又发生了一件事。针对虎男的审判定于在横滨地方法院进行，当时辽太的母亲通过律师对我说：

"雅子女士说不希望你来旁听审判。一见面就会想起那些不愉快的事，所以这次能不能麻烦您回避一下？"

我有些怀疑自己的耳朵。虽说是离婚了，辽太是我亲生的儿子，我有出席审判的权利，也有在陈述意见时发言的权利。可是对方却单方面地让我不要去，这算什么事儿啊。我想对她说，不要光考虑自己的感受。

我对律师回复说："不好意思，我会去的。因为这是我的权利。"结果，就像刚才说的那样，公审时按照辽太母亲那边的意愿，在我们中间竖了一道屏风遮挡。审判时遗属的座位被分割成两部分就是因为这个。

我和她之间确实发生过很多事。退一步想，错并不全在于她。确实我也有责任。不过，发生了这样的事件以后，难免就会产生责备对方的想法。也想找一个理由，解释一下为什么会发生这种事。

还有一件事让我很不理解辽太的母亲，那就是她的律师的态度。我和她之间的沟通，全都是通过律师进行的。律师因为受雇于辽太的母亲，所以对我说不要出席审判。这不是让我放弃作为遗属的权利吗？他明明是个律师，却能满不在乎地说出那种话，我实在无法理解他的心理。

说到底，他名义上虽然是援助受害人的律师，却并没有从真正意义上为受害人考虑。他只是在完成自己的工作，眼里只有雇主的利益。这样一想，我就不想信任律师了。

家庭法院和凶手的家人

案发第二个月，家庭法院就开始了少年审判。审理的是 3 名凶手犯罪的具体内容和恶劣程度。

由于受害人的家人也可以旁听少年审判，所以针对每个凶手的审判我都去听了一次。如今想来，当时基本上没有公开案件的具体内容。比如我儿子被他们用美工刀划了 43 处，被他们逼着在 2 月的冰冷的河水中游泳，犯人离开之后他还有气，挣扎着想要爬回去，这些细节都被隐瞒了。

警方也没有对我解释过案件的详细情况。我第一次去警察署见到辽太的遗体时，他们也只给我看了额头上的跌打伤痕和不太严重的划伤。所以，我一直在想，光是这些伤就能致人死亡吗？口供笔录的重要部分也都被涂成了黑色。警方在搜查阶段曾提出各种要求，让我提供协助，可是他们掌握的信息却连遗属都不肯透露。

法官审判开始以后我才知道真相。针对虎男进行初审的时候，通过视频资料展示了辽太身体的哪个部位有多么严重的伤痕。我惊得说不出话来。没想到他们竟然以这么残忍的方式杀害了我儿子……

当时我又气愤又悲伤，心乱如麻，现在觉得能够了解真实情况挺好的。作为遗属，如果没有把握整个事件的来龙去脉，很难接受这样的结局。

例如这次案件没有进行刑事审判，而是只进行少年审判的话，我们这些遗属在不了解任何具体情况的状态下，就不得不接受辽太被杀害的事实。对于遗属来说，这是最痛苦的事。我想对警方说，为了遗属考虑，应该在适当的时候告知适当的信息。

还有一点，我认为不能忘记家庭法院和保护观察所的责任问题。案发当时，虎男和阿刚两个人因为别的案件受到了保护观察处分，是被观察的对象。尽管如此，虎男却打破了遵守事项中规定的禁酒令，在喝醉的状态下在日吉殴打了辽太，又在多摩川持刀将他杀害。

从结果来看，很明显家庭法院下达的保护观察处分是错误的。本来应该把他们解送到少年院。由于家庭法院做出了错误的决定，才导致了案件的发生，他们难道不应该负责任吗？

保护观察所也一样。保护观察官和保护司有义务观察两人的表现，可是他们在工作中明显存在失职行为，这才引发了案件。

关于这些问题，从家庭法院的少年审判到地方法院的法官审判，从来没有人提及过。如果关注这些问题，就等于承认国家的过失，恐怕对他们的立场不利。他们追究凶手父母作为监护人的责任，却不肯关注国家的责任，这不是自相矛盾吗？

话虽如此，我并不认为凶手的父母尽到了责任。我第一次和那些家长接触，是在少年审判结束后，3名凶手即将接受法官的审判之前。通过律师，虎男的父母说想当面道歉，阿刚的祖母提出愿意支付100万日元的赔偿。

两方都被我回绝了。理由只有一个。那些家长之前一次都没有联系过我。虎男的父亲甚至多次在媒体面前表示相信儿子的清白。可是经过家庭法院的审理，决定进行刑事审判后，他马上改变了态度，跑来找我道歉。

请你想一下他为什么这样做。一旦开始在法院审判，法官对凶手的印象会给酌情量刑带来很大的影响吧。那些家长选择在法官审判开始之前道歉或者支付赔偿金，是想尽量改善给法官留下的印象吧。这样一来，他们就能声称自己作为监护人做了该做的事。

我看透了他们的小心思，这样的道歉我不想接受。这就是我拒绝的理由。

我认为我的判断是对的。因为我拒绝以后，他们再也没有联系过我。正常来说，如果他们发自内心地觉得自己有错想道歉的话，就算被拒绝多少次还是会继续联系我吧。这才叫有诚意。如果他们向我低头道歉几十次，说不定我会在某个合适的时机接受。可是他们并没有那样做。说到底，我觉得他们只是为了应付一时。

话说回来，在那几个凶手的家长当中，只有星哉的父母连道歉的意向都没有对我提过。非但如此，他们甚至不曾联系我。星哉在审判时自始至终否认参与了作案，所以他父母可能还在相信他的供述，要么就是他父母本身完全不具备正确的判断力，估计非此即彼吧。但是，如果他们真的相信儿子是清白的，那么正常来讲他们应该每次都来旁听公审并出庭作证，然而他们好像根本没有露过面。

事到如今，我也不想让犯人的家长向我道歉。说起来，即使是未成年，犯罪的也是犯人自身。他们三人需要好好地赎罪，而不是他们的父母。如果说成长环境给孩子的人格形成造成了很大影响，因此才引发了案件的话，父母多少也要负一些责任。即便如此，站在遗属的立场上来看，引发案件的还是犯人，必须接受刑罚的也是他们。

凶手的责任

在横滨和东京总共进行了 4 次审判。说实话，我不想去。要是只有一次的话也就罢了，没有哪个遗属愿意多听几次那些残酷的证词。即便如此，我还是从头听到了尾，因为我觉得必须了解案件的真相，而且这是作为辽太父亲的责任。

审判结束后，我感觉在法庭上被迫听到的全都是犯人们对自己有利的谎话。他们始终只顾保全自己，虽然表面上似乎在反省，实际上根本不谈对自己不利的事。据说虎男在被捕后是三人当中最先全面招供的人，其实他也隐瞒了很多事。

例如，他说辽太一声不吭地被划了 43 刀。从常识来看，根本不可能啊。辽太应该说过很多话，像是"好痛""救救我""饶了我吧"之类求饶的话。他们把他的话全都忽略了，用美工刀划了几十次，还要求他在河里游泳。这些细节他们只字未提，审判就结束了。虽然判定有罪，但最终的结果还是对他们有利，毕竟死无对证。

犯人的律师们的辩护意见也让人听不下去。虎男的律师声称虎男因为受到父亲的虐待，没有形成健全的人格，所以才引发了那样凄惨的案件。但是在我看来，那根本不算是虐待，感觉两者之间没有任何关联。

我自己也不否认那是体罚。虎男不懂事，父亲让他跪坐或者打他，属于适当的管教方式。那不叫虐待。律师还说他的母亲是菲律宾人，在沟通方面存在问题，但是她作为证人出庭时说着一口流利的日语，从头到尾都是她自己回答的提问。

我认为虎男的家庭不存在很严重的问题，不足以为他的杀人开脱罪责。他有完整的家庭，家里也出钱供他上学。案发后流传出来的全家合影看上去不也很幸福吗？他们一家人一起去野外烧烤，一起去赏花，他祖母和外祖母一起出门游玩的时候看上去关系很融洽。他们家甚至还装饰着一棵很大的圣诞树。可是，律师们为了减轻虎男的罪责，竟然指出他父母的体罚问题，还说他母亲无法用日语交流。

律师为什么要那么说呢？难道他真的认为长时间被逼跪坐和杀人有直接关系吗？难道他觉得母亲忍不住用晾衣架打了几下，孩子就会变成杀人犯吗？如果真是这样，那么大多数杀人案件都可以酌情减刑。律师明知如此，还在法庭上说那些话，真是缺乏职业道德。

审判过程中最令我感到愤怒的人是星哉。他的态度让我不敢相信自己的眼睛。他不仅否认曾参与作案，还一个劲儿地说"我没做""不知道""不清楚"，无论被问的是什么问题。他一点儿反省的意思都没有，有时候甚至还露出轻浮的笑容。

虎男等人之所以用美工刀划了辽太那么多次，是因为他们犹豫要不要杀害他。如果一开始就打算杀害他的话，就会在更早的时候下杀手了。如果是这样，应该是有人故意挑拨，煽动虎男杀人，这样想很正常。从当时的状况来看，干这种事的人只有星哉。

然而，那家伙竟然恬不知耻地坚持说只有他自己什么都没做。说什么他只是蹲在一旁玩手机。真是荒谬。大家都觉得不可能，只有他自己面不改色地声称无辜。二审时他不但没有出庭，就连新的证据也没有提交，真是欺人太甚。

我认为星哉之所以上诉，是为了拖延被送往少年监狱的时间。

一般来说，拘留所的生活要比监狱自由得多。判刑以后，可以减掉在拘留所的时间。在他看来，与其爽快地认罪后被送往少年监狱，不如通过上诉拖延时间，哪怕只是几个月也算赚到了。上诉的目的就是这个吧。因为这样一个自私任性的理由进行审判，国家投入了大量税金，我从西之岛两次奔波来到东京。

为星哉辩护的律师到底在想什么呀。那个律师全面支持星哉"没做过""不知道"的主张，声称他是无辜的。这与检方的意见相反，检方认为星哉参与了作案。假如说真相只有一个，那么律师或者检察官当中就有一方撒谎歪曲了事实。

根据常识来考虑的话，说真话的应该是检方，而且法院的判决也支持检方，驳回了律师的主张。也就是说，律师为了保护星哉，竟然在法庭上堂而皇之地撒谎。

我深感律师真是一个奇怪的职业。就因为有律师的身份，他们就可以在法庭上歪曲事实，支持被告的谎言。假如说他们明知是谎言还要支持的话，那就不是辩护人，是单纯的骗子。

我不禁佩服，当着受害人的遗属，他们竟然也做得出来。律师这种职业，如果没有相当强大的心理素质恐怕也干不了吧。

对判决的疑问

案件为什么会发生呢？自从得知辽太的死讯，我一直在思考这个问题。

媒体刚开始报道这个案件的时候，对川崎这块土地众说纷纭。他们模仿"伊斯兰国"这个名称，称之为"川崎国"，说什么有很多住在日本的外国人和小混混生活在这个城市，那些家伙做尽了坏事。还说一名初中生从乡下来到这里，结果被杀害了。

我在这片土地上长大，和虎男以及星哉毕业于同一所初中，所以对这个城市的情况有大致的了解。40多年前，我刚懂事的时候，这个地区就有很多外国人。

有些网友特别强调虎男和阿刚的母亲是菲律宾人这件事。他们的言外之意是因为他们是陪酒的菲律宾人生的孩子，所以才能做出那么残忍的事。媒体也经常谈论关于国籍的话题。

难道真的有什么关联吗？

我就读的那所初中里也有外国人的孩子。他们的父母完全不会日语。但是，和他们打交道之后就会发现，大家都是普通人。外国人的孩子也和日本人一样，既有奇怪的孩子，也有优秀的孩子。让我说意见的话，我觉得他们犯案和母亲是菲律宾人基本上没有关系。

那案件为什么会发生呢？我这么说的话可能有些用词不当，不过我认为原因只有一个。

那就是辽太运气不好。

在川崎，确实有很多孩子出生在经济条件不太宽裕的家庭里。我自己也是被单亲母亲抚养长大的，高中毕业以后就不上学了。

不过，这样的城市不是随处可见吗？关西也有，九州也有。小混混们聚集在城市的某个角落里是很平常的事，难免也会引发暴力冲突。初中生有时候也会混杂在那样的小圈子里。并不是只有川崎与众不同。

不过，在那些人当中，虎男他们三个算是异类，竟然动刀杀人。也是时机不好。有那么多小团伙，辽太偏偏就遇到了最差劲的人。

43次杀意　　195

从这个意义上说，辽太的母亲也没有很大的过错，学校方面也没有致命性的过失。也就是说，在日本不去上学的初中生多到数不清，其中辽太抽到了最烂的一张牌。我之所以说他运气不好，就是出于这样的想法。

话虽如此，虎男等三人犯了穷凶极恶的罪行却是不可动摇的事实。他们用令人难以置信的方式折磨并杀害了辽太。我对他们只有愤怒的情绪。

我希望判处他们死刑。

这是我的真实想法。从审判开始之前，我就一直祈祷这样的结果。在审判过程中，无论如何我都要坚持这个主张。

律师一直对我说恐怕死刑有困难。现在的审判都是以过去的判例为标准，所以估计连无期徒刑都不会判。即使如此，就遗属的心情而言，总不能要求判有期徒刑。虽然检方建议判数年到十数年的刑期，我却通过律师要求对三人判处无期徒刑，这是我唯一能做到的反抗方式。

在审判过程中，我还通过律师做了一件事。那就是尝试直接对那些凶手说"死刑"这个词。我想质问一下他们：你们知不知道自己的所作所为应该判死刑？

当时律师劝我最好不要问这个问题。也许在判决结果出来之前，法官不允许我们对被告说死刑这个词。我苦苦恳求，律师总算答应了。

提问被告的时候，律师问了这个问题，虎男稍微犹豫了一下，回答说："我做好了思想准备。"

他真的是这么想的吗？我的脑海里闪过一个念头："既然这样，你为什么还活着？"假如说他真的做好了接受死刑的思想准备,那他可以自杀或者采取别的任何方式去死。我希望他死掉。这是我的真实感受。

※作者注:以下为当时提问被告的对话。

——你知道有可能会判死刑吗?

虎男:"知道。"

——你打算背负着罪责活下去吗?

虎男:"是的。"

——你是不是觉得可能不会判死刑?

虎男:"不是。这点儿思想准备我还是有的。"

——你不是随便说说吧?

虎男:"(被捕之后)过了一年了,我已经做好了这样的思想准备。"

判决结果和律师预想的一样,只是数年到十数年的有期徒刑。就连主犯虎男,最多也就服刑13年。32岁时他就会回归社会。如果他老老实实地服刑,可能不到30岁就会出狱。对于这样的判决结果,我一点儿都不能接受。

看完整个审判的流程,我感觉他们都在"以凶手重新做人为前提"进行讨论。他们似乎认为只要在少年监狱中关押一段时间,让凶手参加劳作,或者接受某些课程的话,那些人就会变成好人。正因为如此,法官们在决定刑罚的时候,只是围绕着刑期展开讨论。但是我感觉这是毫无根据的前提。

他们真的会重新做人吗?所有受刑者进入少年监狱后都能变成好人吗?

我不这么认为。杀人和小偷小摸以及打架斗殴性质完全不同。杀人的人和一般人的差别很大。

说得更具体一点，虎男之所以引发杀人案件，很大一方面原因是他酒品太差。他一喝酒就像变了一个人。变得不像是人。也就是说，酒是杀人的导火索。

但是，酒品差是他与生俱来的体质。你觉得他去了少年监狱就能完全治好吗？顶多只是在少年监狱期间被强制禁酒，在矫正课程中学习"出狱后要尽量控制饮酒"而已。不会形成任何威慑力。

假如说虎男的酒品差是治不好的，从防止他再次犯罪这个意义上说，与其在监狱里通过说教督促他反省，不如打造让他绝对无法喝酒的环境，这样做的效果会好很多不是吗？我对于"以重新做人为前提"感到疑问的地方就是这一点。关于这次判决结果的有效性，我只能表示怀疑。

报仇

我不认为法院下达的判决结果是正确的。犯了那么重的罪，却只关几年到十几年就被释放，真是令人难以置信。最划算的人难道不是虎男吗？

我在旁听审判时，感觉审判就像一场胜负已定的比赛。检察官和律师各自以固定的方式说话，最终套用过去的判例，判处的刑罚也在意料之中。

三名杀人犯在服刑期间，只要靠国民缴纳的税金养活就可以。在少年监狱里，可以庆祝圣诞节和新年，还可以参加高中毕业考试、考取就业所需的资格证书，会有人给他们精心指导。这样一想，对于他们来说，比起走上社会打零工，在那里能度过更有意义的时间。

请你想一想辽太的下场。他也没有做什么坏事，对方只是因为一点误会就用残忍的方式夺走了他的性命。从此他就没有办法迎接圣诞节，也没办法去上学了。他再也不能享受人生了。

家人，尤其是辽太的兄弟姐妹也是如此。听说那些孩子跟着母亲搬家了，过着隐姓埋名的日子。这样他们的生活也没办法恢复原样。案件会一直刻在他们的心底。

每年到了辽太的忌日，他们应该就会想起案件，为此感到痛苦吧。最小的孩子的生日和辽太的忌日是同一天。进入公司的时候，结婚的时候，他都会因想起案件而牵动愁绪。也就是说，他要一辈子背负着案件的沉重包袱。

我自己的生活也是一样。因为我是一名渔民，回到岛上也不会过圣诞节，每天都必须在严冬的海上工作。可是，犯人们却能在少年监狱庆祝圣诞节和新年，咂巴着嘴吃甜点。为什么我在海上从事体力劳动的时候，那些家伙却能用国家的钱为自己遮风挡雨，不需要为生活操劳，活得逍遥自在呢？

你觉得这是"正确的判决"吗？要是有人这么想，那就是傻瓜。反正我只觉得这是错误的。

通过审判，我深刻地认识到了司法的现实。作为一介国民，无论我说什么都不可能发生改变。只要自己的孩子没有像辽太那样被残杀，法官也根本不会想要纠正现今的司法制度的弊端。他们满脑子想的只是按照组织的规则让自己飞黄腾达。议员也是一样。所以，我没有任何期待。

现在我坦率地说一下内心的想法。

我觉得我只能等他们三个从监狱出来之后自己报仇。

我并不想用类似绞刑的方式一下子杀死他们。我想让那三个

43次杀意　　199

人尝一尝和辽太去世前一样痛苦的滋味。

我想带他们去黑暗的河滩上，扒光他们的衣服。我想用美工刀在他们身上切43刀，无视他们的求饶。我想让他们衰弱到站不起来的程度，然后让他们在寒冬的河里游泳。我想一脚把他们踹进河里，让他们在黑暗中等死，虽然他们还能喘息。

我想狠狠地折磨他们，直到他们哭着求我："杀了我吧！"

现在我不希望法官判处他们死刑了。相反，我要让他们和辽太有同样的遭遇，让他们明白那是怎样的痛苦。这样凶手才能正视自己犯下的罪行或者赎罪，不是吗？

当然，我知道这样做违反社会规则。但是，辽太就是被人用违反法律规则的方式杀害的。既然如此，为什么只有那些家伙可以受到规则的保护呢？这不是不讲理吗？

以前我也曾对死刑持反对意见。那时候我认为活着是做人的最低限度的权利，应当予以保护。经历了这次案件，我的看法发生了180度的改变，现在我举双手赞成死刑或者报仇之类的做法。

对于那些犯了杀人罪的坏家伙，我认为杀掉就可以。杀人就是剥夺受害人的生存权利的行为。既然他们犯了这样的罪，为什么还要保护他们的生存权利呢？

对于凶手的家人来说也是一样的道理。案件发生以后，我曾多次前往虎男和星哉的家门口。我一看到停车场上停着他们家的车，心里就想："你家孩子杀人了，你们做父母的竟然还活得这么逍遥快活？"一看到他们家里亮着灯，我就会产生一种冲动，想放把火烧了他们的房子。

关于今后的事，我也有自己的想法。

估计审判很快就要落幕了。但是，我不打算就这么算完。如果使用某种方法，就能和三名凶手及其家人继续保持联系。

那就是申请赔偿损失。作为遗属，通过法院发起申请，要求凶手赔偿损失。

我已经跟律师说过了。律师的意见不太令人满意。他的意思是，就算我要求赔偿损失，由于凶手没有能力支付，恐怕只是增加我的诉讼费用，吃亏的还是我。

涉及杀害初中生的案件，其赔偿金额是巨大的。确实凶手本人自不必说，虎男的父亲失去了工作，又要还房贷、照顾身体不好的家人，没有足够的支付能力。阿刚的母亲在案发三个月之后结婚，逃也似的移居到了美国。即使法院同意了我的索赔要求，我拿到这笔钱的可能性也基本为零。

即使这样也没关系。事到如今，我也不指望他们付钱，也不觉得他们付得起。那我为什么要打官司呢？那是因为我想和他们保持关联。

审判结束以后，从社会层面的意义来说，我和犯人之间的关联就断掉了。犯人们会按照司法决定的结果服刑，他们的监护人也没有义务为我做什么。说得极端一点，即使我主动联系，他们也可以选择无视，他们没有向我道歉的义务，可以不声不响地搬到别的地方居住，无需接受法律的强制约束。

这样一来，我就处于不利的立场了。

犯人们在想什么？他们出狱后打算去哪里、做什么？我将完全没办法了解这些信息。

但是，如果我的索赔要求得到法院的认可，情况就不一样了。凶手必须向我支付赔偿金。如果他们没钱支付，在能支付之前就需要经常和我保持联系。站在我的角度，由于没有收到他们支付的赔偿金，就可以闯进他们家里，和凶手们直接交谈。打官司的意义就在这里。

至于是否真的发起索赔诉讼，我正在和律师商议。如果不这样做，遗属和凶手之间就没办法保持关联，这真是奇怪的事，可是这是日本用法律规定的规则。

回忆

案发之前和之后，我的生活发生了很大变化。说是完全不同的人生也不为过。

我在川崎待了三周，直到凶手被捕、为辽太守夜、葬礼结束，3月回到了西之岛。因为国家不给任何补偿，所以为了生活也得重新开始工作了。

在岛上，我周围的环境完全变了。从来没有交谈过的人也开始盯着我看了。由于媒体一窝蜂地跑到这个小岛上来采访，所以没有人不知道这个案件。认识的人跑过来对我说"很难熬吧""没事儿吧"，我不想和他们深入谈论此事，所以我都懒得回应。

一部分岛上的人小声地议论周刊上关于我"家暴"和"虐待"的报道。说离婚的原因是我对家人施加暴力，导致辽太搬到川崎，被卷入到案件当中。

为什么我都离婚4年了，又有人提起此事呢？无聊也要有个度吧。如果他们想传这种谣言，就让他们尽情地传吧。

公司里的人都很理解我，也给我提供了帮助。他们帮我赶走了蜂拥而至的媒体，允许我按照审判的日期请假，还担心我的身体情况。

也许他们担心我有可能会自杀吧。在打鱼的时候,他们似乎也做了特别安排,不让我一个人待在船上。可以说多亏了公司,我才能勉强撑到现在。

从回到岛上到新的一年到来,我觉得自己和以前的生活没什么两样。但是,不知不觉间,内心深处积压了失去辽太的悲伤和对凶手的愤怒。案发后过了一年,针对虎男的公审结束以后,我的身体垮掉了,在医院住了一段时间。

公审结束后,我回到岛上没过多久,总感觉身体有些不舒服,就去医院检查了一下,结果医生说我的肝脏数值差得令人难以相信,要我立刻住院。

医生对我说:"如果只是饮酒过量,数值不会突然变得这么差。我想还有别的原因。"

我想那只能是因为案件带来的压力。

医生吩咐我请假静养,直到肝脏的数值恢复、身体痊愈为止。为了参加第二个月对阿刚的公审,我好说歹说医生才让我出院了,不然的话估计得让我在医院住一个多月。

因为有这样的情况,我最近不怎么喝酒了。即使要喝,也是工作结束后回到家,只在睡前喝一杯海波酒①。

案发后,我的生活习惯还发生了一个变化,那就是不再玩柏青哥②了。没心思赌博了。

你知道为什么吗?

赌博是要靠运气的呀。运气的好坏决定一切。这和辽太的事件也有共同点。他并不是自己有意被卷入案件的,是因为运气不

---

① Highball,威士忌兑苏打水加冰。
② 日本的一种弹珠游戏机,有赌博性质。

43次杀意　203

好才被虎男等人杀害的。这样一想，我就不愿意再做靠运气的事了。不再玩柏青哥就是出于这个原因。

横滨地方法院的判决结果出来以后，媒体的采访戛然而止了。岛上逐渐恢复了往日的那种平静的氛围。我和母亲一起住在岛上，依然在渔船上继续打鱼的工作。我不会和母亲谈论辽太的事。也不是我下决心不谈，只是总感觉不能触碰这个话题。

一个人待着的时候，我经常翻看辽太的遗物——他曾经很喜欢的高达的卡片、手机上的吊饰、用拍立得拍的他小时候的照片。我把这些东西装在了钱包里。突然想起辽太时，我就把它们拿出来盯着看，或者用手指摩挲。

也有好好保存在家里的遗物。警察交还的辽太的手机、他读小学六年级那年暑假来玩时放在这儿的短裤和T恤……那小子原本打算再来找我的呀。还有他出生时的足印。我决定把那些绝对不想弄丢的东西放在家中好好保管。我一看到它们就很难受，但是一辈子都无法舍弃。

案发后，我在川崎也新认识了不少人。那些人也给了我很多帮助。担任清扫志愿者的竹内七惠女士就是其中之一。

案发后，我回到岛上，感到发愁的是没有辽太最近的照片。由于他读小学六年级时就离开了岛，那之后拍的照片我手里一张都没有。所以我没办法用辽太上初中后的照片给他做遗像。

针对星哉进行初审时，竹内女士通过我的律师跟我打了招呼。她主动提出，在河滩上为辽太供奉的纪念品当中，有想转交给我的东西。公审结束后，我巧妙地避开了媒体的视线，和她见面聊了很多，结果她把自己手里的辽太的照片给我了。我高兴地收下了。

我知道除了竹内女士之外还有很多志愿者。因为我去河滩上时亲眼看见了。据说他们当中有人为了怀念辽太,还特意来到了岛上。虽然我对司法和媒体只有不满,但是每个人表达的善意让我很开心。

现在我不太想因为案件被打扰,这种想法更强烈一些。不过,我也切实感觉到,随着时间的流逝,辽太的事逐渐从人们的记忆中淡去了。

作为我来说,就算被世人忘记是没办法的事,我还是希望那些认识辽太的同学和大人们能够让他留在记忆的角落里。毫无反抗地被人杀害了,又没有人记得的话,也太残酷了。

辽太会以什么样的方式留在人们的记忆中呢?

我想起来自己上小学时发生的事。同一所学校的学生被母亲逼着一起自杀,因而去世了。在学校里听老师说了这件事,我们一起去参加了葬礼。虽然他死得很惨,可是我心里至今还记得他。

也许辽太也会以这种形式留在同学们的记忆当中。那样也没关系。发生了那么凄惨的案件,从我嘴里没办法对同学们说出"不要忘记他"。但是,说句真心话,无论什么样的形式都可以,我希望大家能记住辽太。

现在我也经常思考"运气"。刚才我说辽太之所以被杀害,是因为他运气不好。我说的运气就是这个意思。

不上学的孩子有那么多,为什么单单辽太被人杀害了呢?小混混有那么多,为什么辽太偏偏遇到了虎男那帮人呢?为什么阿刚接到他用LINE发来的消息时喝醉的虎男在旁边呢?为什么辽太半夜出门的时候母亲没有挽留他呢?……

虽然我明白，事到如今烦恼也无济于事，可是满脑子都是"为什么、为什么"。

运气到底是什么呢？有一点可以确信无疑，运气不好的人会吃亏，这个社会就是这样。而且运气不好的人得不到任何人的守护。

运气不好的辽太13岁就被人夺走了未来，也无法了解世间的乐趣。但是，虎男等犯人的人生却还有几十年，他们的很多权利会得到《少年法》的保护。

像我这样的遗属也属于运气不好的人吧。即使我在案发后成了媒体的牺牲品，即使我因为毫无根据的谣言受到伤害，即使我听到凶手胡言乱语，即使我因此身体垮掉，国家也不会给我提供一点帮助。我只能自负责任，自己挺过去。

这样是不对的呀。绝对有问题。不可能就这么算完了。

受害人才应该得到保护，凶手必须被罚得无法重新站起来。

我不会甘心承受命运的不公，一辈子都不打算原谅那些犯人，永远都会对他们心怀愤怒。

正因为如此，我想一直追踪他们，我想为辽太报仇。

我可以断定，无论过去多少岁月，这份决心都不会改变。

这就是我作为受害人遗属的最真实的想法。

尾　声

2017年夏天，我来到京急川崎站附近的一家居酒屋里。

那里是有名的全国连锁店，但是店内的布局很少见。一楼只摆了几排细长的柜台式餐桌，被独自饮酒的顾客占满了。身穿工装的男人一手拿着手机在喝啤酒，老年人穿着完全失去弹性的衬衣和凉鞋，拿着赛马的报纸，喝着便宜的烧酒。店内的设计遵循当地的风俗习惯，方便看赛马的客人和建筑工地的工人独自前来。

据店员说，只有地下才有适合多人聚餐的桌椅。我决定下楼看看。之所以来这家店，是为了再次采访黑泽勇树。他是辽太和虎男的朋友，我在前文中曾多次引用他的发言。虎男读小学的时候和他在伊藤洋华堂的游戏厅里相遇，直到虎男案发后被捕为止，两人每周大约一起玩三次。有时候辽太自然也会加入其中。所以黑泽很了解他们的关系。

其实，我打算在这一天结束采访。来店里之前，我又去案发现场转了一圈，然后去虎男家看了看。虎男虽然被关在少年监狱里，他的家人还生活在这里。在采访的最后阶段，我想见见他父亲，问问他对案件的看法。

他母亲接听了对讲电话，说"已经睡了，没办法接受采访"，很干脆地拒绝了我的采访申请。这已经不是第一次了。案发后，我曾无数次写信、去他们家申请采访，全都被拒绝了。

想必案件之后，在岁月流逝的过程中，他父亲的情况也发生了很大变化。案件被曝光以后，在媒体的围追堵截下，我多次看到他父亲光明正大地声称儿子是无辜的。案件的全貌水落石出后，随着批评的声音日渐高涨，他开始闭口不谈此事。公审时，父亲坐在旁听席的一个角落，低头听着儿子的证词，妻子在他旁边抽泣。

据说当时他因为青光眼和白内障，右眼暂时失明，由于案件的影响也失去了工作。有人寄来了骚扰信，附近的居民也毫不留情地投来审视的目光，估计他只能取出存款在家里借酒浇愁吧。门口摆着装水的"驱猫工具"，全都是空酒瓶。

我去采访的时候，有一次很偶然地在门口撞见了他。他拖着一条腿走路，用孱弱的声音说"不好意思，我现在要去医院接家人"，轻轻点了点头，就上车逃也似的离去了。

距离案发已经过去两年半了，那些曾经蜂拥而至的媒体人的身影不见了，围墙和汽车上的涂鸦也被擦掉了。虎男父亲似乎已经重新就业，据说如今一边工作，一边照顾身体不好的家人。

这一天我登门时，虎男母亲强烈拒绝了采访，原因可能是她想努力恢复被破坏得七零八落的日常生活。这种心情我深有体会。不过，与此同时，我又不由得想起来在河滩上永远被夺去生命的辽太，还有至今仍发誓要报仇的善明。

居酒屋的地下一层挤满了以大学生为主的年轻顾客，十分嘈杂。室内冷气开得很足，弥漫着香烟的烟雾。

我和黑泽并肩坐在靠里的座位上，对面坐着随同我来采访的女编辑。店员端来的盘子里摆的全都是油炸食品和肉类食物，有炸鸡块、炸猪排、烤肉串等。这些都是黑泽一来到店里就点的东西。

黑泽只有23岁，却像中年男人那样有啤酒肚，脸也有些浮肿。头发长得打卷，衣服散发着汗臭味，但是他似乎并不在意，一手端着生啤，狼吞虎咽地吃着菜。

"好吃，真好吃！"

每个盘子里都装了一点蔬菜，但是他的筷子连碰都不碰。每端上来一盘菜，他就只吃肉，趁着上菜的间歇还匆匆忙忙地抽烟。等到新的菜端上来，又开始大口大口地吃肉，还发出吧唧吧唧的声音。盘子眨眼间就空了。

女编辑苦笑着说，真年轻啊。不知道为什么，黑泽开始炫耀自己每天彻夜游玩的事。他得意洋洋地说，这些日子自己每天都玩到天快亮的时候，下午才起床，然后傍晚开始又玩一整夜。

他初中毕业后开始打零工，一直和父母住在一起，20岁以后生活的重心还是动漫和游戏。虽然他考取了护理人员的资格证书，到了这个年龄却还是没能迈出走向社会的一步。

这天晚上，我和黑泽见面是想问问他对这个案件的看法。他和凶手以及受害人的关系都很好，一定有特别的感受吧。我一问，他嘴里含着一大块炸鸡说道：

"吓我一跳啊。我在新闻里得知此事后惊得说不出话来，总感觉'啊？不会吧？'。因为我和他们几个人都经常一起玩。"

他不和我对视，比手画脚地快速回答了我。

我左等右等也不见他说出更多感想来。他是否有过悲伤或者愤怒之类的情感呢？

我又问了他一遍同样的问题，结果他的回答更短。

"感觉不敢相信。"

女编辑问道："不敢相信谁？"

"啊？当然是双方啊。"

"你觉得虎男他们是那种敢杀人的人吗？"

"我不觉得啊。"

"可是他们确实做了。"

"嗯。因为他虽然很胆小，但喝酒之后就很难缠。"

说完之后他把目光落在手机上，手指快速地移动。他说是在给同样喜欢动漫的 LINE 群里的小伙伴发消息。据说他一天会收到好几百条信息。

根据以往采访的经验，我明白他不擅长表达，但是他的语言太轻描淡写了，似乎完全没有意识到案情重大。

我决定换个问法。我问他，等到虎男服刑结束从少年监狱出来以后，你打算怎么办？他冷淡地回答道："没什么打算。"

我指出，即使你什么都不做，他也会主动联系你吧。黑泽回答说："我不会搭理他，我又没把他当作朋友。"

"你们一起玩了那么久，你觉得他不算朋友？"

"根本不算。"

"那他算什么？"

"我也说不清，可能只是为了打发时间吧。"

对于黑泽来说，虎男应该是从上小学时起每两天就要结伴玩耍一次的伙伴。正常来说，称之为"好朋友"也不为过。尽管如此，他却一口咬定虎男只是打发时间的对象。

黑泽一边玩手机一边点上了一根烟。他瞥了我一眼，看到我一副为难的样子，也许有些不好意思吧，又补充道："我因为受到欺凌，就没去上学，也没读高中，所以有很多时间。虎男也喜欢游戏和动漫，所以只是和他一起待着。"

　　"也就是说你和他只是拥有共同的兴趣爱好而已吗？"

　　"是啊，如果有别人也行，谁都无所谓。"

　　"……"

　　"一个人待着很孤单。也不是说和那小子在一起很开心，只是感觉比自己待着强一点儿。"

　　我想起来黑泽曾对我讲过他的成长经历。

　　黑泽的母亲也是在川崎长大的。她初中毕业后没有考高中，而是去读了美容学校。但是她没有成为美容师就结婚了。对方是在川崎一家能源企业上班的男人。她20岁那年就生下了大儿子黑泽，三年后又生了二儿子。

　　黑泽的家庭距离幸福很遥远。他父亲喝酒成瘾，每天喝得烂醉如泥，回到家就胡闹。有时候满嘴酒气，咒骂黑泽的母亲，有时候逼着上幼儿园的黑泽喝酒。还经常动手打人，对母亲和黑泽都是毫不留情地挥拳就打。因此，无论父亲多么挥霍无度，说话多么不合情理，他都只能默默地忍受。

　　黑泽9岁那年，父亲抛下他们离开了家，和别的女人再婚了。家里只剩下母亲和黑泽，还有他弟弟。母亲为了抚养两个孩子东奔西走，在便利店和药妆店打工，还申请了生活补助。黑泽说他眼看着这样的母亲，就连叛逆期都没能经历过。

　　升入初中后没过多久，黑泽就迎来了一个巨大的考验。因为家里穷，同学开始嘲笑他，说他"太脏了""太臭了"。

43次杀意　　211

说他坏话的人数越来越多了。黑泽咬紧牙关坚持去上学，可是却无法向任何人倾诉自己的苦恼。没有能帮助他的朋友，母亲光自己的事和工作就够忙的了，基本上可以说没空关心他。游戏和动漫填补了他心中的空洞。

黑泽经常去附近的伊藤洋华堂的游戏厅排遣心中的寂寞。此时他遇到了比自己小两岁的虎男，对方同样在小学遭到了欺凌。没花多长时间，两人就交换了联系方式，开始一起玩。

从初二的学期末开始，同学对他的欺凌升级为暴力相向。起因是一名学生的钱包丢了。同学们围住黑泽挑衅他："是你偷的吧？交出来！"黑泽很害怕，虽然不是自己偷的，为了逃离现场，他说道："知道了，回头我会归还的。"

然后他就跑着离开了。

同学们认定了黑泽就是小偷。黑泽连消除误解的勇气都没有。

学校里举办了一次去东京远足的活动。当天黑泽虽然参加了远足，却中途先回去了，也许是害怕谴责他偷钱包的同学们的目光吧。可能他觉得待到放学后的话会被盘问钱包的事。

回到家后他松了口气，但也只是一刹那的事。原本非常信任的发小来叫他。他跟着去公园一看，同学们正在那里等他。他们大喊"小偷！不许跑！"，就开始对他拳打脚踢。

后来，公园里的集体欺凌事件被学校知道了，他回家一看，母亲和老师都在等他。黑泽在母亲面前哭着喊道："我要去死，我要自杀。我不想活了！我不想要这种人生！"

父亲对他家暴，在学校遭受欺凌，他每天都很孤独。可能是长期以来默默忍耐的负面情绪一下子爆发了。

从那天开始，黑泽不再去上学了，仿佛身上的某个部位坏掉了一样。他看动漫看到深夜,每天过了中午才起床,然后就去伊藤洋华堂的游戏厅等地方玩耍。即使偶尔去学校,也是过了放学时间,等大家都走了以后才去。陪他聊天的人为数不多,虎男就是其中之一。

初中毕业后,他没有考高中,而是选择打零工度日。他对母亲说:"上高中也没什么意义,所以我不考了,反正我也不学习。"结果母亲爽快地回答说"好的",所以他就放弃了升学这条路。

有一段时间黑泽也曾在便利店等地方打工,但是由于他缺乏工作热情,又不擅长与别人打交道,都没有坚持很久。母亲似乎从来没有和这样的儿子正面交谈过。她是韩国组合"超新星"的铁杆粉丝,为了参加可以和他们击掌庆贺的交流会、握手会、签名会等各种活动,她花光了打零工赚的钱。

而且,据说母亲还曾带黑泽去参加那些活动。黑泽本人没有太大兴趣,估计只能冷眼旁观母亲的狂热吧。

由此可见,不只是虎男和阿刚,像黑泽这样的其他成员同样也是被家人或社会抛弃的少年。他们失去了容身之处,只是聚在一起打发时间,彼此之间并没有结成深厚的信任关系。

我问道:"听说在其他小伙伴当中,也有人因为讨厌虎男耍酒疯,不再和他一起玩了。可是你一直和他一起玩。既然你说他不是你的朋友,那你为什么要陪他玩呢,自己又不开心。"

"可能是因为和虎男的交集仅限于游戏和动漫吧。打游戏的时候也不用聊天,因为整个晚上只要一起打游戏就可以了。看动漫或者聊周边商品的时候也不谈自己的事。所以感觉相处起来没什么问题。"

"也就是说,他就像玩在线游戏时看不见脸的对手一样,只是一个陌生人。"

"对啊。"

"你和虎男他们见面后,都聊些什么啊?"

"我和虎男都喜欢《物语系列》。这个动漫里面有一个出场人物叫千石抚子。我和虎男都是萝莉(萝莉控),所以很喜欢她,话题总是围绕着她。动漫看多少都看不够。有时候我和他一起去 Animate(专门销售动漫周边的商店)买手机壳或者漫画,有时候一起在 Anitube(专门播放动画的视频网站)上看动漫。"

"辽太和阿刚好像也是靠动漫联系在一起的吧。他们也和你一样不把虎男当作朋友吗?"

"可能是吧。卡米松和阿刚都嫌虎男麻烦。周围的人都劝他们不要和虎男来往了。可是他们俩最终还是没能离开虎男。"

"为什么呀?"

"估计是因为闲得无聊吧。他们可能觉得只是作为一起玩游戏或看动漫的人交往也没什么吧。"

听到这里,我想起来虎男和星哉借助迪士尼的布偶聊天的事。也许他们没办法作为活生生的人交往吧。他们总是要借助游戏、动漫还有布偶才能彼此保持联系。

女编辑问道:"你们为什么那么痴迷动漫和游戏呢?"

黑泽往嘴里塞了一块炸猪排,目光落在了手机上。

"因为好玩啊。"

"没有别的好玩的事了吗?"

"没有啊。"

"你们那个小圈子里的成员也都一样吗?"

"嗯，可能是吧。所有人要么就是家里没有父母，要么就是父母关系不好，所以大家都没事可做啊。"

"你们有时候会聊各自家里的事吗？"

"不会啊。问了也没啥用啊。我也不想说。去别人家一看，大体就明白了，所以也就不问了。"

他们那个小圈子里的成员都因为各自的家庭情况活得很痛苦。正因为如此，他们的本能才会告诉自己，不可以触碰彼此的伤痛。

黑泽盯着手机露出了无声的微笑。他说有个小伙伴给他连续发了很多 LINE 的表情包，觉得很搞笑。他也给对方回了一串表情包。

我决定再问最后一个问题。如果黑泽没有把虎男当作朋友，那他怎么看待辽太呢？

他稍微思考了一下回答说："弟弟吧。"

这是什么意思呢？

"感觉像是我弟弟，因为卡米松比我小啊。"

我不明白这句话的意思。是指超过朋友的关系，还是不如朋友的关系呢？不过，我已经不想再重复一遍问题、寻求清楚的答案了。

黑泽似乎已经对聊天失去了兴趣，说完"我要啤酒"就把目光投向了手机。屏幕上显示的是 LINE 的界面，我瞄了一眼，看到聊天界面中一竖排都是动漫的表情包。

走出居酒屋来到街上之后，不冷不热的风吹到了脸上。末班电车到来之前，车站周围挤满了喝醉的人。

解下领带发出奇怪叫声的工薪阶层、貌似刚结束陪酒工作的女郎、现在这个时间准备去闹市区玩的中年群体、迎着人流站在那里拉客的男人……比起白天，晚上的川崎更加充满了活力。

放眼望去，好些便利店的门口和转盘的角落处可以看到一伙十几岁的年轻人，在那里聚精会神地玩手机。他们身旁停放着自行车，可见是初中生或者高中生吧。住在本地的少年们在城市夜晚灯光的吸引下聚在了一起。他们染了头发，穿着花哨的衣服，三五成群的样子就像生长在黑暗处的一簇簇毒蘑菇。

女编辑深深地叹了一口气，说道："我没想到黑泽竟然那样看待虎男，他们关系那么好，竟然说不是朋友……不过，那些犯人也说过同样的话是吧。我想起来审判时的场景了。"

那是公审时发生的事。检察官在每次公审时都会询问被告的几名少年之间的关系。结果听到的回答总是令人难以相信自己的耳朵。

虎男说星哉是"无话不谈的好朋友之一"，说阿刚是"一起打游戏的伙伴"。然而，星哉却说虎男"不是朋友"，至于阿刚，他说"只见过两三次，不知道电话号码和LINE账号"。阿刚则说虎男是"无法拒绝的玩伴"，说星哉是"虎男的朋友"。

不只是他们三人，小团伙中的每个人都只顾着玩游戏和看动漫，没有人想要理解别人、加深友情。这些少年由于一时的情绪而使用暴力，又不知道收敛，才引发了这次案件。

"我感觉通过这个案件，重新认识到了虎男他们都是被社会或家庭抛弃的孩子，在家里没有容身之处，在学校又遭到欺凌，高中也没有读完，也无法成为小混混。"

"这大概就是他们的共同点吧。"

"对于他们来说，可能在游戏厅认识的小伙伴就是最后的依靠了吧。可是，就连这些小伙伴都没能成为值得他们信任的人。"

如果一个人从社会和家庭等安全网中漏了下来，最后能够依靠的就是朋友等关系亲近的人。然而，他们虽然几乎每天都聚集在游戏厅或公园里一起玩到凌晨，却无法构建信任关系，逐渐朝着黑暗的深渊坠落下去。

对辽太多达43刀的暴力伤害正显示了他们的这种心理侧面。在伙伴面前虚张声势、缺乏体贴关怀、不相信别人、担心被逮捕、害怕被报复、对现实失去了希望……他们因为这些理由一刀又一刀地划伤毫不反抗的辽太，渐渐地心中生出了真正的杀意。

我产生了一个疑问，为什么有那么多人极度关注这些少年引发的案件呢？就算被媒体大肆报道过，仅凭这个理由，也不该有成千上万的人来到河滩上的凶杀现场祭拜吧。

我想起来参加志愿者活动的竹内七惠说过的话。她说自己也曾在读初中时遭遇欺凌，走上了歪路。她来河滩上的理由就是觉得辽太的遭遇和自己极为相似，无法做到漠不关心。基于自身的经历，她这样说道：

"拿着花聚集到河滩上的全都是像辽太一样在家庭或社会中由于各种问题而苦恼的人。正因为如此，大家都很理解辽太的感受，想把自己的遭遇和他重叠在一起。这可能就是有那么多人聚集到河滩上的原因吧。"

也许她说的没错。如果是这样，那也就意味着有很多人像辽太一样面临各种苦恼，甚至对家人都无法倾诉，只能在街上徘徊流浪。

似乎离末班电车的时间更加近了。涌向车站的人流突然增多了。行人加快了脚步，还有人抱着包跑了起来。我在拥挤的人群中再次想起河滩上摆放的无数花束。

　　河边有一片三角形的草地，宽度大约 40 米。那里摆满了红色、白色和黄色的花束，花瓣在河面吹来的风中摇曳，空气中弥漫着香甜的气息，这幅光景简直就像是极乐净土。人们努力想要用漂亮的鲜花祭奠辽太，大概是这份善意构成了那道风景。

　　然而，2015 年 2 月 20 日，一名 13 岁的少年全身被美工刀划伤 43 处，浑身是血地爬了 23.5 米远，没有了呼吸。无论装饰得多么美丽，都不会改变这个事实。

　　我脑海里浮现了一个疑问。

　　——辽太同学，你那天晚上拖着浑身是血的身体在黑暗中爬行，是想到哪里去呢？如果你得救了，打算走什么样的人生之路呢？

　　然而，在夜幕下川崎的喧嚣声中，无论我怎样侧耳倾听，都没能听到这个问题的答案。

后　记

2015 年，因杀人被逮捕的未成年（14 岁到 19 岁）人数达到了 62 人。并非这一年特别多，根据警察厅的统计，前一年是 55 人，后一年是 51 人，往年也达 40 到 60 人。换句话说，在现代的日本，每年有这么多名少年夺走了他人的生命。

尽管本案件只是其中之一，却引起了社会的广泛关注，这在近几年来属于罕见的现象。到了案发次月，报纸和杂志仍然在刊登相关报道，评论员在电视上阐述了各种各样的意见。即使案发之后过了两三个月，仍然有人陆陆续续地来多摩川的河滩上献花。NHK 甚至为此制作了纪录片节目。

在采访过程中我一直在思考一个问题：为什么有这么多人关注这个案件呢？

案件的背景和经过也没有什么明显的特殊性。尽管如此，从普通人到被称为知识分子的人虽然并不直接认识辽太同学，却发表了各种各样的感想。有人讲述了亲子之间的相处方式，有人指出了学校的监管责任，还有人在网上发表了与犯人的血缘相关的歧视性中伤言论。很多人站在各自的立场上与别人争论，坚持自己的意见。

我自己在采访和发表连载的过程中，经常有普通读者和案件相关人员来找我述说自己的感想。有的人希望我写一本描述辽太的善良的书，而不是弄清案件细节的报道；有的人拜托我把书名定为《尽管如此他还是笑着……还要让大家幸福》或者《尽管如此他的笑脸永远留在我们心中》。这份工作我干了十几年，这种经历还是头一次。

无论一个人对某个事件持有怎样的意见或心思，都是他的自由，都应当得到尊重，我并不打算全盘否定。

不过，我终究只是站在作者的立场上，为了写一篇报道才开始接触这个案件的。我认为向世人公开报道案件的意义在于，通过审视已经发生的事件的细节，给社会提供一个教训，防止同样的事情再度发生。而且，不要偏向于某个特定人物的想法，不要大声地诉说自己的原则和主张，必须尽量采访更多的人，弄清当时发生了什么事，越详细越好。

当然，在执笔书写之际，也并非完全没有烦恼。尤其是关于辽太同学及其家人的故事，围绕具体写到什么程度这个问题，我曾多次和编辑部的工作人员开会商讨。

举个例子，关于辽太同学，要不要提及他的失足行为（盗窃及深夜游荡等）和家庭环境？如果是那种过路的歹徒随机杀人的案件，施害者和受害者之间没有任何交集的话，也许就没有必要详细记录受害者的成长经历和交友关系，因为缺乏直接的因果关系。

然而，在这起案件中，辽太同学为什么和三名凶手交往密切？为什么遭受了暴力还要和他们在一起？这些问题都很重要。

辽太同学觉得在家里待着不舒服，才会去外面的世界寻找容身之处。他泡在游戏厅里，在和学长介绍的几名少年一起混的过程中，逐渐染上了他们的不良作风。

不去上学，晚上玩到很晚，抽烟盗窃……通过共同度过的那些时间，他和那几名凶手建立了扭曲的友情。家人和学校都没能阻止他。正因为处于这样的状况之下，他在日吉事件中遭受不正当的暴力之后，还是没能断绝和凶手们的联系。

话虽如此，我认为不能因为此事就批判辽太同学或者其家人，我自己也没有这个打算。

青春期的孩子在家里和学校里失去了容身之处，转而向外部世界寻求，并不是什么稀奇的事。他们在那里遇到了和自己境遇相似的孩子，构建了一个共同的圈子，想要填补彼此心中的空洞，在这个过程中，估计难免会做一些坏事吧。辽太同学的行为也不算特别凶恶，他的性格也不算乖戾。

他的家人面临的问题也一样。在日本，每年的离婚案例超过20万例，离婚绝对不算罕见的事。经历了离婚的女性对遇到的男性产生了爱慕之心，想要再次组建新的家庭也是人之常情。我倒觉得，辽太同学的父母虽然生活方面有困难，却尽心尽力地爱着自己的孩子。

但是，正因为如此，我们才能说这次的案件有可能发生在任何一个家庭中。随处可见的家庭的问题、随处可见的孩子的烦恼、随处可见的孩子组成的小圈子，这些要素为什么会发展成凄惨的杀人事件呢？

要想弄清楚其中的缘由，就有必要记录下辽太同学是怎样和那几名凶手相遇的，同时也能让现代的大多数人认识到潜藏在日常生活中的危机。这样才能为社会提供教训。

基于这样的想法，我认为提及辽太同学的成长经历和家庭环境具有重大的意义。

要想吸取案件的教训，就不能把这次事件当成别人家发生的特别的事。每个人都应该认识到自己家里或者自己周围也有可能发生这种事，要主动关注，认真思考今后需要努力解决的课题。我认为只有这样，才能防止悲剧再次发生，才能让辽太同学的死在社会当中产生一定的意义。

关于隐私权，我也想声明一下。

这次接受采访的人当中，包括很多未成年人以及如今仍然和涉案人员保持联系的人。因此，除辽太同学和受访者本人要求实名的情况之外，原则上书中的出场人物均使用化名。另外，当我发现在采访过程中获知的信息有可能造成对当事人的误解时，均不予采用。

不过，我担心在内容方面多少有失偏颇。在和辽太同学有血缘关系的人当中，我只采访到了他的父亲。据说他母亲从川崎搬到了别的城市，过着隐姓埋名的生活，所以只听到了她在公审时陈述的意见。虽然我尽可能地采访了其他相关人员，尽量保持公正的态度，这一点还请各位读者谅解。

关于几名凶手，根据《少年法》第61条的规定，均采用了匿名形式。本书中写的"虎男"是公审时被称为少年A的主犯。"阿刚"和"星哉"分别被称为少年B和少年C。关于凶手之间意见相左的地方，我在和编辑部协商之后，根据判决理由和相关人员的证词，选取了我们认为值得信任的内容。

从开始采访直到写成原稿，我脑子里几乎每天都会浮现出辽太同学的面容。

在这个过程中，虽然我经常感到很痛苦，但是仍然决定坚持旁听审判、提问相关人员、书写案件的细节，是因为我希望再也不要发生类似的案件了。

现在，估计还有很多孩子像辽太同学一样夜晚在大街上流浪，或者不去上学。我衷心希望，通过关注这起案件，能够让人们给那些少年多少提供一些帮助。

最后，我想发自内心地为本案中死去的上村辽太同学祈祷冥福。

本书根据双叶社文艺网页杂志 COLORFUL 中刊登的连载《惨杀——川崎初一学生被害事件的深层原因》（2017年7月25日至10月25日，每月更新两次）修改订正而成。

43 KAI NO SATSUI KAWASAKI CHUICHI DANSHISEITO SATSUGAIJIKEN NO SHINSO
© Kota Ishii. 2017
All rights reserved.
Original Japanese edition published in Japan in 2017 by Futabasha Publishers Ltd., Tokyo.
Simplified Chinese translation version published by Shanghai Translation Publishing House.
Under licence from Futabasha Publishers Ltd.

图字：09 - 2022 - 0868 号

图书在版编目（CIP）数据

43次杀意/（日）石井光太著；孙逢明译. —上海：
上海译文出版社，2024.3
（译文纪实）
ISBN 978 - 7 - 5327 - 9431 - 7

Ⅰ.①4… Ⅱ.①石…②孙… Ⅲ.①纪实文学－日本
－现代 Ⅳ.①I313.55

中国国家版本馆CIP数据核字（2024）第034440号

43次杀意

[日] 石井光太 著；孙逢明 译
责任编辑/常剑心 装帧设计/邵旻 观止堂_未氓

上海译文出版社有限公司出版、发行
网址：www.yiwen.com.cn
201101 上海市闵行区号景路159弄B座
上海雅昌艺术印刷有限公司印刷

开本 890×1240 1/32 印张 7.5 插页 2 字数 120,000
2024年3月第1版 2024年3月第1次印刷
印数：0,001—8,000 册

ISBN 978 - 7 - 5327 - 9431 - 7/I・5898
定价：48.00元

本书中文简体字专有出版权归本社独家所有，非经本社同意不得转载、摘编或复制
如有质量问题，请与承印厂质量科联系。T：021 - 68798999